ВИКТОРИЯ ТОКАРЕВА

ВИКТОРИЯ ТОКАРЕВА

Короткие гудки

Рассказы и повесть

Санкт-Петербург

УДК 821.161.1-3Токарева
ББК 84(2Рос-Рус)6-44-я43
Т51

Токарева В.
Т51 Короткие гудки : Рассказы и повесть. — СПб : Азбука, Азбука-Аттикус, 2013. — 240 с.

ISBN 978-5-389-05945-0

Любовь побеждает не только расставания и смерть, но даже предательство, обиды и ненависть... Герои нового сборника Виктории Токаревой приходят к осознанию этого через неизбежные человеческие страдания, противоречивые повороты судьбы. Что-то неуловимое и всепрощающее вдруг оказывается сильнее страстей человека. И уже никто никого не судит, у каждого свои столкновения с собой и миром, свои поиски сквозь ошибки. «Пушкинское спокойствие» — так можно сказать о прозе Виктории Токаревой. Ее произведения утешают, помогают видеть жизнь как нечто неразгаданное.

УДК 821.161.1-3Токарева
ББК 84(2Рос-Рус)6-44-я43

ISBN 978-5-389-05945-0

© Токарева В. С., 2012
© ООО «Издательская Группа »Азбука-Аттикус», 2013
Издательство АЗБУКА®

Рассказы

хрустальный башмачок

В моем доме оказалась новая домработница Лиля. Она была похожа на королеву со старинных гравюр: вислый нос, выпученные глаза. Невысокая, хрупкая, очень умелая и постоянно грустная. Я прозвала ее Воркута, поскольку там вечная полярная ночь и почти не бывает солнца.

Лиле — сорок шесть лет, выглядела моложе. Она вышла замуж в двадцать лет. Муж пил, дрался и изменял. Полный набор. Хотя бы что-то одно: пьяница или бабник. Но тут — и первое, и второе, и третье. Он еще и дрался, и норовил попасть кулаком в лицо.

Лиля работала учительницей в младших классах, человек с образованием, и вдруг — фингал под глазом. Являться с фингалом в школу было неудобно, но приходилось. И дети наблюдали, как синяк постепенно менял свой цвет: от лилового до лимонно-желтого.

Соседями Лили по этажу были молодожены — Костя и Маша. Костя — автомеханик, золотые руки. Маша — воспитательница в детском саду. Они приходили в гости и сидели рядышком, плечико к плечику. Маша смотрела на мужа с восторгом и называла его «котик». А он ее — «кысочка». И было видно, что у них — любовь. Они только и ждут, чтобы вернуться домой и остаться наедине.

Наблюдать чужое счастье при отсутствии своего было невыносимо. Мучила несправедливость судьбы: почему одним все, а другим ничего?

Лиля часто думала о Косте в самые неподходящие моменты, а именно в моменты интимной близости с мужем или на педагогическом совете. Она закрывала глаза и грезила наяву.

У Кости были очень красивые руки с длинными, сильными пальцами. А у мужа пальцы тоненькие, как венские сосиски. Кстати, насчет сосисок: они были вовсе не венские, а отечественные, халтурные, практически без мяса. Перестройка разрушила все производства, в том числе мясоперерабатывающие. И водка стала паленая. Муж отравился такой водкой насмерть. Умер в одночасье.

Лиля хотела подать в суд, но кто будет разбираться? Суды тоже оказались паленые. Кто больше заплатит, тот и прав.

Лиля решила податься в Москву на заработки. У нее было две задачи: заработать денег и найти мужа.

Лиля — домашняя семейная женщина. Женское счастье она представляла себе, как в песне: «Был бы милый рядом, ну а больше ничего не на-а-до». Ничего. Только милый рядом. Такой, как Костя. Но Костя — занят. Значит, другой. Похуже. Она и другого полюбит, лишь бы существовал в натуре: ел, спал, разговаривал, уходил и приходил, зарабатывал.

Первое время Лиля работала на рынке, продавала моющие средства. Приходилось целыми днями стоять на ветрах, дождях и солнцепеке, в зависимости от времени года. Обманывать не умела, деньги шли с трудом. Преуспевали наглые и вороватые. Лиля не могла ловчить, не умела постоять за себя, в крайнем случае — плакала. Но кому нужны ее слезы? Никому. Поэтому она плакала себе и по ночам.

Что касается любви — образовался хохол. Он работал на стройке разнорабочим. Специальности у него не было, поэтому прораб поставил его вместо бетономешалки. Хозяин жидился дать деньги на бетономешалку, приходилось делать бетон вручную: цемент, песок, вода — и перемешивать. Рабский труд.

Хохол пил, само собой, но агрессивным не становился. Наоборот: покладистый и нежный. Целовал Лиле пальцы на руках и на ногах. Приходилось каждый день мыть ноги и делать педикюр.

Хохол пел Лиле красивые песни на своем языке: «В човни дивчина писню спивае, а козак чуе сэрдэнько мрэ…»

У Лили замирало сердце от красоты и нежности. Его ласки падали на засохшую душу, как благодатный дождь. Она даже прощала хохлу его пьянство. Оно как-то не мешало. Счастья от хохла было больше, чем неудобств.

— Женись на мне, — предлагала Лиля.

Хохол отмалчивался. Смотрел в одну точку.

Дело в том, что хохол был женат и у него имелся сын Тарас. Жену можно было бы заменить на Лилю, но Тарас был незаменим. Мальчику шестнадцать лет. Впереди — высшее образование, чтобы в дальнейшем он не работал бетономешалкой. Обучение стало платным. Хохол работал на образование сына. И эта высокая цель оправдывала всю его нетрезвую рабскую жизнь.

Лиля бесилась. Она хотела иметь хохла в полном объеме, а не в среду и пятницу с девяти вечера и до девяти утра.

Постепенно она добилась совместного проживания. Стали снимать комнату. (Платила Лиля.) Она готовила хохлу борщи, он съедал по две тарелки сразу. Он позволял себя кормить и сексуально обслуживать. Но позиция хохла была крепка: любить — да, а жениться — нет. Жаме, как говорят французы.

В конце концов Лиля обиделась на хохла и уехала к себе в Кишинев. Дома оказалось еще хуже: одна в пустых стенах и никаких денег. Соседи — Котик и Кысочка — не навещали. Кысочка чем-то болела, лежала по больницам. Котик страдал, заботился, навещал. Соседям было не до Лили.

Хохол настойчиво посылал эсэмэски, называл Лилю такими нежными словами, что сэрдэнько замирало, почти останавливалось. Крепко засел хохол.

Лиля вернулась в Москву, обратилась в агентство. Агентство связалось со мной, и таким образом Лиля оказалась в моем доме. Она мне понравилась: молчаливая, не лезла с разговорами, единственно: все время смотрела в свой мобильный телефон. Ждала, когда хохол пришлет эсэмэску: «согласен жениться». Но... эсэмэски шли другого содержания, типа «целую ручки, ножки», «не могу забыть, жду»...

В конце концов Лиля дрогнула и в свой выходной отправилась к хохлу на свидание.

Хохол работал на стройке под Обнинском и там же снимал комнату. Лиля добиралась к нему четыре часа, как до Венеции: на маршрутке, на метро, на электричке. Все это стоило усилий и немалых денег. Наконец она оказалась в его комнате.

Комната — серая от пыли. Постель — берлога. Из еды — только хлеб и вода, как в тюрьме.

Пришлось прибраться и сварить какой-никакой обед. На это ушел остаток дня. Впереди — ночь. На предстоящую ночь Лиля возлагала большие надежды, но это была ночь разочарований.

У хохла ничего не получалось. Лиля терзала его плоть так и этак, но она все равно падала, как увядший стебель.

— Прости, — жалобно попросил хохол. — Наверное, я устал и переволновался.

— Женись, тогда прощу. От мужа много не требуется...

— Ну вот, опять двадцать пять, — расстроился хохол. — Я могу быть только любовником.

— А если ты любовник — должен трахать. Иначе какой же ты любовник?

Лиля в глубине души рассчитывала, что дожмет хохла, сломает его сопротивление и они пойдут по жизни плечико к плечику. Но впереди предстояла обратная дорога в мой поселок. И вся жизнь — как эта тягостная дорога, безо всякого проблеска, как повядшая плоть хохла.

Лиля вернулась утром — молчаливая, хмурая. Воркута под тучами.

Я не стала ни о чем спрашивать. И так все понятно.

Смысл дачного проживания — прогулка по живописным окрестностям. Природа красива в любое время года. У осени — своя красота: в багрец и золото одетые леса. У зимы — зимняя сказка: мороз и солнце. Я не понимаю, как можно жить в одном и том же климате. На Гавайях, например. Всегда двадцать пять градусов. Рай. Но все двенадцать месяцев один и тот же рай. Одна и та же картинка перед глазами. Можно свихнуться.

Я ушла гулять в зиму. В минус десять градусов.

Всевышний не пожелал раскрыть свою главную тайну — что там, за горизонтом. А то, чего не знаешь — того нет. Я шла ходко, наслаждаясь движением, — бессмертная, вечная и веселая. Мне нравилась моя жизнь в отсутствии любви и смерти. Полная свобода от всего.

Я вернулась домой в прекрасном расположении духа. Лиля караулила меня в прихожей. Она мелко дрожала, как будто ее включили в розетку.

— Ты замерзла? — спросила я.
— Нет. Мне хорошо.
— А что случилось? — не поняла я.
— Случилось счастье. Я получила предложение руки и сердца.
— От хохла?
— Нет. От Кости.
— Какой Костя?

Лиля махнула рукой. Не могла говорить от перевозбуждения.

Оказывается, это был тот самый Котик, сосед. Его жена Кысочка умерла, царствие ей небесное. Костя стал прикидывать: как ему жить дальше? Главное — с кем? Он перебрал в уме всех знакомых женщин и остановился на Лиле. Она всегда ему нравилась: тихая, умелая, нежная. Противостоит ударам судьбы, как солдат. Побеждает. Выживает. Вот такая ему и нужна.

Можно, конечно, найти красивее и моложе. Но у красивых завышенные требования, при этом неоправданно завышенные. К тому же сейчас поменялась мода на жен. Были модны малолетки, на тридцать лет моложе. А сейчас модны личности — умные, с хорошими манерами, из хороших семей.

Лиля — из хорошей трудовой семьи. Учительница. Внешность неброская, но если вглядишься — милая, милая, милая, светлый мой ангел земной...

— Сказка... — проговорила Лиля.

Ее сказка стала былью. Прошлые мужчины — муж, хохол — канули в вечность, их смыло временем. Над ее жизнью взошел Костик, как ясное солнце, и это солнце — навсегда. Не закатится, не погаснет, не потускнеет. Главное, не сделать ошибки. Но она не сделает. Она в себе уверена.

Лиля стояла посреди прихожей, переполненная счастьем. Не Воркута, нет. Сочи, Рио-де-Жанейро, Лос-Анджелес в разгар лета.

брат и сестра

Зюма (полное имя Изумруд) появилась в нашем поселке в самом начале девяностых годов.

Впервые я увидела Зюмю на собрании, где ее принимали в члены кооператива.

Собрание роптало. Кооператив принимал в свои ряды только членов Союза писателей. Это было сугубо писательское сообщество, каста избранных, как в Индии, и со стороны никого не допускало, отвергало высокомерно.

Сталин незадолго до смерти дал эти земли писателям, по полгектара на нос. Рядовые граждане имели шесть соток, а полгектара — в восемь раз больше. Сталин таким образом подкармливал идеологию.

«Поэт в России больше, чем поэт», — говорил Евтушенко. И это правда. Хорошая литература заменяла свободу и совесть — все то, чего так не хватало в замкнутом однопартийном государстве.

В нашем поселке поселились лучшие из лучших, просто хорошие писатели и не очень хорошие, однако члены Союза писателей, гордые своей высокой миссией.

Зюму принимали в начале девяностых. Это уже совсем другое время. Горбачев привел перестройку, и общество заметно расслоилось. Появились богатые, их пренебрежительно называли «богатенькие».

Богатенькие внаглую скупали земли у обедневших писателей и их потомков. Правила приема изменились. Деньги решали все. В кооператив мог попасть кто угодно, даже бандит. Но слава богу, бандиты обошли стороной наши земли.

В центре поселка стоял сгоревший дом популярного поэта и был похож на сломанный зуб. Его называли «дом Павлова», имея в виду Сталинградскую битву. Остальные дома были целы — скромные строения пятидесятых, окруженные деревенскими штакетниками.

Богатенькие презирали любую бедность, и писательскую в том числе. А писатели в свою очередь презирали их неправедные богатства.

Зюма сидела с непроницаемым лицом, похожая на африканскую львицу.

Немолодая, однако не утратившая женственности и шарма, она царственно оглядывала собрание и была себе на уме.

Правление кооператива объявило: если Зюма хочет быть в наших рядах, она обязана внести вступительный взнос: три тысячи долларов. Тогда это были деньги.

— За что? — спросила Зюма.

— За электричество, газ и водопровод, — объяснил председатель. — Вы будете этим пользоваться. Извольте вложиться.

— А другие платят вступительный взнос? — проверила Зюма.

— Писатели не платят. А вы — человек со стороны.

Собрание загудело одобрительно. Дескать: да, со стороны, и неча с кувшинным рылом в калашный ряд.

Зюма приподняла брови. Она считала так же, но с точностью до наоборот. Это она, Зюма, — в калашном ряду, где калачи и сдобные булки, а этот писательский сброд — именно кувшинные рыла.

— Да... — задумчиво проговорила Зюма. — Мне предлагали участок на Рублевке. Надо было соглашаться...

Зюма за свои деньги могла себе выбрать любое место, а остановилась почему-то на нашей дыре. Соблазнилась близостью с Москвой, громкими именами. А теперь усомнилась: зачем жить в окружении снобов? Чтобы сказать знакомым: «Я живу рядом с Зиновием Гердтом»?.. Знакомые всплеснут руками, воскликнут: «Ах!» — и это все. Какая разница — вокруг кого жить. Главное — как жить самому.

Однако Зюме было именно важно: кто вокруг. Среди кого она вращается. Место определяло сознание. Спрашивала себя: неужели это я, девочка из захолустья, из поселка под названием Белая Калитва, поселилась в столице и моя дача на одной улице с самим Зиновием Гердтом?.. При этом у него — халупа, а у меня будет дворец. И сам Эльдар Рязанов, встречаясь на прогулочной тропе, говорит мне: «Здравствуйте». А я еще подумаю: кивнуть в ответ или пройти мимо.

Однажды Зюме рассказали байку: президент Клинтон пригласил на прием футбольную команду. А один черный футболист не пошел. Заявил: я зарабатываю в год больше, чем Клинтон. На фиг он мне нужен...

Деньги — это не только удача. Это еще и объективная оценка человека. Недаром на Западе существует такой вопрос: сколько он стоит?

Зюма стоит дорого. Дороже футболиста и Клинтона, не говоря об Эльдаре Рязанове.

«Кто был ничем, тот станет всем». Слова из Интернационала. После Октябрьской революции кто был ничем, тот ничем и остался. А в девяностых годах — кто был ничем, тот действительно стал всем, как Зюма.

Но начнем с начала.

Зюма родилась в тридцать третьем году. В начале войны ей было восемь лет, а братику Семе три года.

Мама и папа были заняты на партийной работе. Талантливая молодежь из провинции рванула в революцию — активно и самоотверженно, как застоявшиеся кони.

Семика оставляли на Зюму. Она его кормила, гуляла, переодевала, застегивала рубашечку, а он смотрел ей прямо в лицо — рыжий ангелочек, глазки круглые и голубые, носик мягкий, бровки широкенькие. Зюма целовала его прямо в мокрое рыльце и в бровки, а он стоял и терпел ее любовь.

Зюма стала Семику мамой и папой. Она его воспитывала: разрешала, запрещала. Семик подчинялся ее командам, как дрессированный щенок.

Началась война.

Папа ушел на фронт. Мама засобиралась в эвакуацию.

Зюма помнит столпотворение на вокзале. Толпа перед вагонами шевелилась, как будто дышала. Чемоданы пускали по головам. Любой ценой старались влезть в вагон. И никто не знал, что они лезут в свою смерть.

В дороге состав разбомбили. Маму убило.

Мама лежала на земле: наверное, ее вытащили. Вокруг какое-то поле, и в этом поле — люди, вопящие и сосредоточенные. Каждый по-своему встречает свой ад.

Зюма запомнила рваными картинками. Их куда-то везли на грузовике. Потом их выгрузили возле кирпичного дома.

Две женщины что-то спрашивали и записывали. А дальше Зюма отчетливо помнит, как она прижимала к себе Семика, а его отдирали от нее и волокли в сторону. Зюма истошно орала, а Семик цеплялся за сестру и визжал так, что все галки, сидящие на деревьях, в ужасе взмахнули крыльями и перелетели за железную дорогу.

Дело было в том, что мальчика и девочку хотели разделить по разным группам. Но Зюма и Семик — единое целое, и разлучить их — все равно что разодрать по живому, то есть убить. Дети цеплялись друг за друга и так рыдали, что у воспитательниц не выдержало сердце. Они больше не могли наблюдать детскую трагедию и сдались. Махнули рукой. И оставили в одной группе. Пусть будут вместе — сестра и братик. Так им легче выжить. Девочка будет заботиться о младшем, и эта забота даст ей силы.

Детский дом: вши, голод, холод, байковые одеяла, которые не греют. У Зюмы набухли нарывы на стопах ног. Она плакала по ночам, но отдавала одеяло Семику. А сама накрывалась своим пальто.

Зюма берегла Семика. И уберегла. С другими детьми все время что-то случалось: ломали руки и ноги и просто умирали от болезней. А Семик ни разу ничего не сломал, единственно — ходил всегда сопливый с прозрачной соплей под носом.

Потом война кончилась, их разыскали родственники — тетя Рая и дядя Гриша. Хотели взять по одному, дядя Гриша — Зюму. Ей было уже тринадцать лет, могла помогать по хозяйству. А тетя Рая соглашалась на Семика. Но Зюма категорически сказала: нет. Или вместе, или мы остаемся в детском доме.

Зюму уговаривали, увещевали, но она была непреклонна. Пришлось уступить. Дети достались тете Рае, а дядя Гриша участвовал материально. Он давал каждый месяц брус сливочного масла.

Тетя Рая была одинокая и хромая, при этом у нее всегда было хорошее настроение. Она передвигалась по комнате, припадая на левую ногу, и пела.

Детей не обижала, но была к ним слегка равнодушна. Ее основная забота — накормить и одеть, дети должны быть сыты и в тепле. А на душевный климат у тети Раи не было времени и внутренних ресурсов. Все ресурсы уходили на поиски счастья.

Время послевоенное. Мужчин мало. Полноценные женщины не могли найти пару, а тут — калека.

Тетя Рая сначала перебирала претендентов, выдвигала какие-то требования — например полный комплект рук и ног. Потом понизила критерий. Подходил любой.

Жили в одной комнате. Тетя Рая ставила ширму. Из-за ширмы доносились звуки любви.

Зюма не могла спать. Невольно прислушивалась к шепоту. Тетя Рая каждый раз говорила, что «это» в ее жизни второй раз. Первый — был жених, погибший на войне.

Зюма возненавидела «любовь». Ей казалось, она никогда и ни за что не выйдет замуж. Восьмилетний Семик ничего не понимал, дурак дураком, спал по ночам как убитый. Учился плохо. Но — хорошенький, просто ангел. Зюма не могла спокойно смотреть на его личико, в ее душе звучал оркестр: серебряная арфа, трубы, скрипки. Она целовала его в широкие бровки. От него пахло лугом, и лесом, и немножко козликом.

Тетя Рая работала в парикмахерской. Она научила Зюму обращаться с волосами и ножницами.

Тетя Рая любила говорить: нет плохих волос и некрасивого лица, есть руки, растущие из жопы. Букву «о» она произносила мягко.

Зюме нравилось парикмахерское дело. Это практически творчество. В моду входили прически «венчик мира». Эту моду принес фильм «Римские каникулы». Потом пришла «Бабетта» с легкой руки Брижит Бардо. «Бабетту» сменила «колдунья», которую занесла в Россию Марина Влади: челка и прямые волосы до лопаток. А дальше — царица причесок каре.

Каре Зюма стригла, заканчивая педагогический институт, заочное отделение. Она продолжала стричь на дому, у нее была своя клиентура. В те годы такое частное предпринимательство — риск, могли стукнуть соседи. Риск, но и деньги. У Зюмы всегда были деньги, Семик всегда был модно одет. Когда вошли в моду джинсы, у Семика сразу появились джинсы «левис», а тете Рае купили плащ «болонья».

Тетя Рая замуж не вышла. Не взяли. Поток ее претендентов иссяк. Зато у Зюмы стали появляться поклонники. В основном это были иногородние студенты — бедные, плохо одетые и вонючие. Никуда не годились.

У бедности — свой запах. Это запах сырого подвала и грязных носков. Зюма терпела их, зажав нос. Но в последний год обучения она перешла с заочного отделения на очный, и поклонники стали более качественные. Один из них — Ванечка, студент Военно-медицинской академии. У него была нарядная форма, золотистые ореховые глаза и явный интеллект. Он говорил: в пустой жизни и драка — событие, на пустом лице и царапина — украшение. Зюма обмирала от его ума, красоты и значительности.

Ванечка приглашал Зюму в филармонию на концерт Софроницкого. Скучища. Но рядом Ванечка, и все можно перетерпеть, даже концерт для фортепьяно с оркестром.

Отношения развивались. Грянул первый поцелуй, как летний гром. Сердце стучит у горла, сейчас выскочит. И тут в комнату входит тетя Рая. Вернулась с работы.

Зюма и Ванечка отпрянули друг от друга, лица перевернуты.

Тетя Рая посмотрела на них и спросила:
— Что это с вами?

Они молчат. Что тут скажешь? Первый поцелуй — вот что с ними.

Через неделю был второй поцелуй. А третьего не было. Ванечка допустил роковую ошибку.

Он и Зюма начали целоваться, сидя на диване, и в этот момент с улицы приперся Семик.
— А что это вы тут делаете? — нагло поинтересовался Семик.
— Иди вон и закрой за собой дверь, — грубо предложил Ванечка.

Ангел Семик вытаращил на Ванечку свои ясные очи. С ним так не разговаривали. Он удивился и перевел глаза с Ванечки на Зюму, ища поддержки. Зюма отстранилась от любимого и проговорила четко:
— Сам иди вон и закрой за собой дверь.

Ванечка удивился в свою очередь и тоже вытаращил на Зюму золотистые глаза. С ним тоже так не разговаривали. Он не поверил своим ушам. Его офицерская честь и мужское самолюбие перечеркнули остальные чувства и желания.
— Ты действительно хочешь, чтобы я ушел? — перепроверил Ванечка.

Встал выбор между братом и ухажером, между любовью и любовью. Семик — родная кровь, маленький, не самостоятельный, от нее зависящий. А Ванечка — взрослый парень с торчащим пенисом, без Зюмы не пропадет. Он ее легко заменит. Была одна, стала другая. В сумме ничего не меняется. И Зюма его тоже заменит со временем. А брат — незаменим.

— Вон, — повторила Зюма.

Ванечка ушел. Зюма заплакала. Семик возрадовался. Он победил.

Заменить Ванечку оказалось нелегко, все остальные кавалеры не шли ни в какое сравнение. Но Зюма ни о чем не сожалела. Она не могла связать себя с человеком, который не любит ее ребенка. А Семик был именно ребенок, сыночек, родная кровь.

Следующие женихи не набирали проходного балла. Один не нравился Зюме, другой не нравился Семику — тухляк. У третьего уши слишком низко, от четвертого воняет горохом. Пятый — жадный, приходит с пустыми руками, ни цветочка, ни конфетки.

Семику не нравился ни один. Он ревновал сестру. Зюма была его личная собственность, и никто не имел права черпать ее расположение. Иначе ему, Семику, достанется меньше или не достанется ничего. Он придирался, капризничая. Пока не вырос.

Семику исполнилось восемнадцать лет.

Надо было поставить Семика на ноги: дать правильное образование, найти правильную невесту.

Семик не знал, чем он хочет заниматься. Зюма засунула его в Педагогический на факультет иностранных языков. Там у нее были связи.

Семик расплывчато представлял себе свое будущее, но становиться учителем он точно не хотел.

Языки давались ему легко. Он скоро стал читать английские романы в подлиннике. Впоследствии переводил кассеты с американскими фильмами для видиков (видеомагнитофонов).

Сема был постоянно озабочен поисками денег. Зюма давала ему необходимые карманные деньги, но это было ничтожно мало.

Сема стал заниматься фарцовкой. Фарцевал всем: джинсами, носками, но в основном — книгами. Сема зарабатывал виртуозно и мастерски. У него открылся талант: находить деньги под ногами — там, где их не видел никто. Знание языков помогало. Он легко договаривался с иностранными туристами. Вызывал доверие. Держал слово.

Зюма сходила с ума. Боялась, что Сему посадят. Сема и сам опасался, но деньги сильнее страха. Они были нужны на рестораны, на девушек.

В Педагогическом девушек — пруд пруди, но красивых мало. Красивые в учительницы не идут, они идут в артистки. За ними надо дорого ухаживать.

У Семы появилась артистка — юбка колоколом, широкий пояс, тонкая талия. Зюму привело это в ужас. Перед такой не устоять. Сема мог жениться, и это — полный крах. Жена-артистка — это чужая жена. Она будет спать с режиссерами, и не только. Все шмели и пчелы будут слетаться на этот яркий цветок. Зачем нужна красивая, но общая? Пусть плохонькое, да мое. Твердая стена за спиной. Уверенность в завтрашнем дне.

Семья — святое. Алтарь. Он должен быть чист.

Зюма нашла некрасивую Таню. Таня училась в аспирантуре, с ней было о чем поговорить. К тому же у Тани — отдельная квартира, что редкость по тем временам. А у артистки — койка в общежитии. А в перспективе — проживание в одной комнате с Зюмой и тетей Раей — она была жива и совершенно здорова.

Сема познакомился с Таней, и это окончилось нежелательной беременностью, что несложно. Под давлением Зюмы Семик женился на Тане, но продолжал встречаться с артисткой. (Ее звали Маргоша.) Все кончилось тем, что Таня его выгнала, а Маргоша не взяла.

Сема легко вздохнул и вернулся к тете Рае, под крыло Зюмы. И успокоился. Ему было с ними хорошо. Ни с кем ему не было так хорошо и спокойно, как с сестрой Зюмой. Вокруг нее распространялся особый климат — нежный, свежий и теплый, как на Гавайях. Он никогда не жил на Гавайях, но ему казалось, что там — рай. В раю он тоже не был, но был уверен, что рай — это Зюма.

В детстве он любил сидеть у нее под мышкой — рядом-рядом, близко-близко, вдыхать родной дух и греться, как возле печки.

И сейчас Сема тоже любил находиться рядом с сестрой — не под мышкой, конечно, но в одной комнате, чтобы видеть ее, вместе есть, смотреть телевизор, обсуждать события дня и планы на будущее.

Зюма не вышла замуж, не родила детей. И как оказалось, можно жить и без семьи. У нее был Семик. Он и стал ее семьей. Главное, чтобы было о ком заботиться, чтобы было КОГО кормить и ЧЕМ кормить. И с кем разговаривать.

История знает много таких семей: брат и сестра. Например: Чехов и Мария Павловна. Маша, сестра. Они прекрасно жили, пока не появилась Ольга Книппер. Книппер разрушила дуэт Антона и Маши, но Антон Павлович быстро умер, оставив сестре почти все, чем владел.

Сема жениться не хотел вообще.

Сын от Тани (Илья) у него был. Продолжение рода. И этого достаточно.

Главная страсть Семы — книги. И деньги. Он любил зарабатывать и постоянно искал пути к деньгам. Переводил иностранные фильмы неузнаваемым голосом.

Выискивал и продавал запрещенные рукописи Солженицына.

Специальные службы отслеживали всякое инакомыслие, а Солженицын — это как раз инакомыслие. Однако видеомагнитофон почти в каждом доме, и Солженицына прочитала вся интеллигенция. Солженицын раскачал первую волну эмиграции, все зашевелилось и задвигалось. Страна буксовала в застое, как тяжелый грузовик в глубокой луже. Однако все кончается когда-нибудь.

Закатился Брежнев, и взошел Горбачев с кляксой на лбу. Привел с собой перестройку и ускорение.

Семика перестройка застала на сорок восьмом году жизни — расцвет мужских сил и способностей.

Зюме — пятьдесят три года. Она мало изменилась. Некоторые находили — стала лучше, как настоящее вино. Длинные глаза и высокие скулы делали ее похожей на львицу или тигрицу — в общем, из семейства кошачьих.

А тетя Рая по-прежнему жива и здорова. Единственное — болит спина, поскольку одна нога короче другой, позвоночник перекошен.

Если бы не спина — помчалась куда угодно. Энергии хоть отбавляй.

Жили уже не вместе, на разных территориях. Зюма с Семой построили себе трехкомнатную кооперативную квартиру в тихом центре. Зюма стригла на дому. Собиралась открыть свою парикмахерскую. Сема занялся перевозкой автомобилей из города Тольятти. Он придумал специальные платформы, на которые ставили и крепили автомобили.

Подобные платформы уже давно существовали на Западе, но на наших железных дорогах — другой размер рельс. Значит, и платформы должны быть шире, и, значит, нужен перерасчет.

Семик нашел нужных людей, усовершенствовал конструкцию и сделал ноги этому начинанию. Автомобили поплыли нескончаемой лентой, и деньги потекли рекой.

Кое-кто спохватился: как это так — деньги текут рекой в чужой карман... У Семы хотели отобрать бизнес, но не тут-то было. Сема устоял. Правда, заплатил инфарктом. Сердце надорвалось. Сема мог бы сдаться, все отдать, но для Семы деньги не менее важны, чем собственное сердце.

Деньги — это победа, это свобода, это запах богатства, это самооценка. А сердце можно вылечить, в конце концов. Говорят, здоровье не купишь. За хорошие деньги купишь и здоровье.

Сема разбогател. Сколько у него денег — никто не знал, кроме Зюмы, разумеется. Зюма все знала, отслеживала и правильно распоряжалась деньгами.

Основное вложение — в недвижимость.

Сема любил дорогие машины. Но машины — это как раз движимость, легко угоняются, их можно разбить, и даже вместе с собой, и потерять все разом: и деньги, и здоровье, и даже жизнь.

Недвижимость — это дома, то, что крепко стоит на месте, глубоко врыто в землю. Фундамент — полтора метра, если не глубже. В доме можно жить, его можно сдать за деньги. Если хороший дом, то за хорошие деньги. А если несколько домов в разных странах, на море и в горах, — можно жить до старости и ни о чем не беспокоиться. И дети с внуками — тот же Илья и его потомство — тоже жить и ни о чем не беспокоиться.

Зюма стала покупать дома. В Черногории — вот где красота, как в сказке. В Подмосковье — тоже красота, но другая. На Лазурном Берегу, но не дом, а квартиру. Удобно. Уехала и закрыла дверь на ключ. Ключ отдала консьержке. Никто не обворует.

Зюма стала богатой женщиной — по факту, но не по ментальности.

Она продолжала экономить, не позволяла себе роскоши, например — шубу из рыси. Ей было жалко молодую красивую рысь, которую убивают из-за шкуры. И зачем тратить большие деньги на шмотки? Мода меняется. Вещи надоедают. Тратить деньги на одежду — значит выкидывать в форточку.

Единственное — позволяла себе летать бизнес-классом. Совсем другое впечатление: время проходит незаметно, тебя обслуживают, как в ресторане, дают плед, показывают кино. Зюма сидела в удобном кресле и думала: неужели это я — та голодная девочка с нарывами на стопах, дрожащая под байковым одеялом? Неужели та и эта — одно?

Единственное, что тревожило, — семейное неустройство Семы. О своем неустройстве она не думала. Зюме уже не хотелось замуж. Не хотелось никого обслуживать и никому подчиняться. Вот если бы любовь... если бы ее опалило чувство... Но время шло. Стоящие мужики ищут двадцатилетних, а нестоящие не нужны и даром.

Попался один. Владик. Пенис тяжелый, как маленькая гантеля, и он умел с ним обращаться. Специалист. Но все время норовил поесть за ее счет. Не жалко, но противу правил. Настоящий мужик ведет себя иначе.

Зюма заворачивала ему бутерброды с копченой колбасой. Он злился. Рассчитывал на полноценный обед.

Кончилось тем, что Владик бросил Зюму, как прогоревшее предприятие. Зюма огорчалась какое-то время, потом смирилась. Не замуж же за него выходить.

Зюма и Семик жили вместе и врозь.

Зюма предпочитала загородный дом, который она возвела в нашем поселке. (На деньги Семика, разумеется.) А Семик жил в их московской квартире, в тихом центре, поскольку квартира находилась рядом с его работой.

У Семы был свой офис и свой штат.

В офисе — столовая. Сначала брали еду из ресторана, а потом наняли повариху, нашли через агентство молодую хохлушку Оксану. Она была чистоплотная и рукастая, с легким характером. Готовила вкусно, но вредно. Все на сале. Борщ со старым салом, отбивная — на сале. Сплошной холестерин, который забивает кровеносные сосуды.

Зюма уговорила Оксану готовить на растительном масле, а еще лучше совсем без масла, на пару. Оксана воспринимала рекомендации Зюмы как бред сивой кобылы. Что за борщ без сала и без пампушек с чесноком? Это не борщ, а моча. И что за отбивная на пару? А корочка? А запах?

Зюма жаловалась Семе. Оксана испуганно моргала. Все кончилось тем, что Сема убрал Оксану из столовой и перевел к себе в дом. Положил хорошую зарплату с питанием и проживанием.

Оксана складывала деньги в коробку из-под обуви и задвигала под кровать. И раз в три месяца отправляла в свою Ростовскую область, поселок Шолохово, — там у нее жили родители и шестилетняя дочка Маечка.

Родители были счастливы свалившимся достатком. Оксана дорожила местом и старалась изо всех сил.

Утро начиналось с того, что Оксана делала влажную уборку с лимонным «Ванишем». В доме становилось свежо, ветер шевелил на окнах чистые занавески.

Зюма озаботилась новой идеей: надо Семика женить, пока она жива. Не дай бог, помрет, с кем останется Семик, любимый до мурашек? Несмотря на то что он вырос, и даже разбогател, и даже слегка постарел, все равно в нем светился ребенок — тот, дальний, с голубыми глазками и широкими бровками. Маленький Семик был как будто спрятан в большом, как матрешка в матрешке. И Зюма, глядя на брата, видела их всех одновременно: ребенка, отрока, юношу, мужчину и начинающего старика. И когда целовала Семика в лысеющую голову, она целовала их всех одновременно.

Зюма начала подгонять Семику невест. Они являлись: молодые и средние, красивые и так себе. Зюме больше всего нравилась Люся — скромная и состоятельная. Не будет зариться на чужие деньги, у нее есть свои. Замужем не была ни разу. Засиделась в девках, писала диссертацию. Образованная, культурная, со знанием языков.

Семик ходил с Люсей в театр и на выставки. Домой не приглашал. Зюму беспокоило то, что Семик ни разу не предложил Люсе остаться переночевать, хотя Люся была не прочь и ждала этого же самого. Сема тянул.

Зюма прямо спросила: почему? Откуда такая целомудренность? Семик уклонился от ответа, но ларчик просто открывался. Семик спал по ночам с Оксаной, и ему это очень нравилось. У Оксаны было круглое личико, круглая попка и глаза как вишни. И ничего другого Семик не хотел. Ему не нужна была ни диссертация, ни иностранные языки. Он уставал, как загнанный конь, и единственное, чего он хотел, — это покой, борщ со старым салом и молодая нежная Оксана. Все.

Известно, что Сталин имел в любовницах солисток Большого театра, но находил отдохновение со своей домработницей Валечкой. Она его в свою очередь тоже очень любила и горько оплакивала его смерть.

Сема стеснялся Люсю, боялся сказать глупость, боялся, что не встанет. Он уставал от своих опасений. А с Оксаной он ничего не боялся, ему было спокойно, как под мышкой у Зюмы. Плюс мужские радости. И больше ничего не надо.

Однажды Зюма достала три билета на модный спектакль: Люсе, Семику и себе.

Люся пойти не смогла — важное совещание. Семик пришел с Оксаной. На Оксане была турецкая кофточка с люрексом. Не модно, конечно. Но ничего. Потолок не упал, пол не провалился. Сели и посмотрели спектакль.

Зюма была в чем-то темненьком, в облипочку. Главное — не выделяться. Она и не выделялась, терялась в толпе. Хороший вкус — это не бросаться в глаза. А Оксана сверкала турецким люрексом и висячими клипсами, которые качались у плеча.

По тому, как Сема и Оксана переговаривались между собой, была видна близость и взаимопонимание.

Зюма обо всем догадалась, но не возражала. Если Семику ЭТО надо, пусть будет. Оксана — обслуживающий персонал, пусть обслуживает комплексно: гастрономически и сексуально. До тех пор пока Сема не женится на ровне. Не к проституткам же ему идти. Здесь все дома, все под рукой.

Но время шло. Сема не хотел жениться на ровне. Он купил Оксане одежду, для чего пришлось съездить в Италию. Они вернулись веселые и загорелые. На Оксане была шуба из рыси с капюшоном. Из той самой рыси. Шуба короткая, попка наружу, но Сема сказал, что короткая шуба удобна в машине.

— В какой машине? — не поняла Зюма.

Оказывается, у Оксаны уже была машина и шофер, поскольку она не водила.

— У нее гуманитарные мозги, — объяснил Сема.

— У нее вообще никаких мозгов, — уточнила Зюма. — Тупня.

Оксана разговаривала с украинским акцентом, путала падежи и не любила инородцев. Семе это не мешало, а Зюма приходила в отчаяние. Жена — вывеска мужа. А такая примитивная вывеска, как Оксана, делала Сему проще, практически обесценивала. И Зюму тоже обесценивала, поскольку Зюма входила в один комплект с Семиком.

— А если она родит? — испугалась Зюма.
— Пусть рожает, — спокойно отреагировал Семик.
— Но у нее уже есть ребенок там... в деревне.
— Будет два.
— И эти жлобские дети — наследники? — ужасалась Зюма.
— Ты же не собираешься жить вечно? — спросил Сема.

Зюма вытаращилась на брата, не понимая вопроса.

— Мы когда-нибудь умрем, дома останутся. Мы же не заберем их на тот свет.

Боже мой... Значит, вся ее жизнь, заключенная в Семика, все их общие усилия, которые материализовались в большие деньги, а деньги — в дома, все это пойдет псу под хвост. Какой-то Оксане, чужой и чуждой, которая даже не может сказать «Европа». У нее это звучит — «Явропа».

— Я надеюсь, ты не женишься? — спросила Зюма, каменея от такой перспективы.

— Не женюсь.
— Поклянись.
— Чем?
— Моим здоровьем.
— Клянусь твоим здоровьем, — легко пообещал Сема.

Семик оказался клятвопреступником.

Оксана забеременела, что естественно. Она была молодая женщина в детородном периоде. Двадцать семь — хороший возраст для второго ребенка. Ее живот был острым, что свидетельствовало о мальчике.

Зюма увидела это остроконечное пузо, и все стало ясно. Оксана явилась в столицу на ловлю счастья и чинов. Ее мечта сбылась. Богатый Семик попался, как муха в паутину. Паучиха — молодая и сильная. Ее невозможно победить, можно только убить. Нанять киллера и потом сесть в тюрьму, чтобы остаток жизни провести в тюремном бараке, когда в красивейших местах света стоят ее красивейшие дома...

Но что же делать? Зюма задумалась и придумала. Надо отобрать дома и деньги. Оставить только Сему, с его мелкой лысеющей головкой, покрытой ржавой растительностью. Пусть Оксана наслаждается чистой любовью, без примеси денег.

Зюма наняла дорогущего адвоката, шестьсот долларов в час. Явился адвокат с губами как у верблюда и все устроил как надо. Сема подписывал бумаги не читая, поскольку бумаги от Зюмы. И в результате — вся недвижимость и все счета в банках оказались оформлены на Зюму. А ничего не подозревающий Сема проснулся однажды утром совершенно нищий и бездомный.

Какое-то время Сема об этом не знал, но в один прекрасный день узнал. Шила в мешке не утаишь.

Сема вначале не поверил. Он обворован. Заказное банкротство. Так мог поступить только злейший враг. Но Зюма... Изумруд, сестра — главное богатство его жизни. Она любила Сему, но ведь и он любил ее безмерно: ее лицо, запах, ее энергию, преданность и верность, упрямство и амбиции, доброту и жадность, ум и глупость. Зюма — это все и все: мама, и сестра, и дочка.

Как же это случилось? Как она пошла на такое? За это убивают.

Сема подошел к телефону и позвонил сестре. Произнес одно слово:
— Как?
— Это ответ на твое предательство, — четко ответила Зюма.
— Не понял...
— Ты впустил в дом эту ложкомойку. Моя жизнь оказалась поругана. Мы несовместимы.
— Странно, — сказал Сема. — Она жена, ты сестра. У вас разные функции.

— Вспомни! — закричала Зюма. — Я не вышла из-за тебя замуж.

— Теперь ты хочешь, чтобы я заплатил за твои жертвы своей жизнью?

— Не хочешь жизнью — плати деньгами.

— Ты уже сделала это за меня, — сказал Сема.

— И правильно сделала. Пусть она любит тебя нищего. А я посмотрю.

— Хорошо, — согласился Сема. — Будем считать, что мы в расчете. Я тебе больше ничего не должен. И ты мне не должна: у меня больше нет сестры. Не звони и не появляйся. Чтобы я тебя не видел и не слышал.

— А у меня нет брата, — подытожила Зюма.

И бросила трубку.

Теперь у нее не было Семы, но были огромные деньги.

Зюма вышла замуж. Ее мужа звали Гарик.

Гарик — человек не бедный. У него был свой крепкий фармацевтический бизнес. Сеть аптек. Так что он женился не из-за денег, а именно по любви. Поговаривали, что они с Зюмой были знакомы с молодых лет, но Гарик имел семью, а Зюма при Семе.

Теперь Гарик развелся и Зюма разошлась с Семой на разные берега. Зюма была еще вполне красива, как говорят англичане: пригодна для любви.

Покатилась собственная жизнь.

Главное правило Зюмы: никаких жертв. Она больше не жертвовала собой, жила только своими интересами. Путешествовала, следила за здоровьем и красотой. Переезжала из дома в дом. Лето — на море. Зима — в горах. Осень — в Подмосковье, в нашем поселке. Ей нравилась золотая осень средней полосы, и тянул родной язык. Она любила русский язык. Все остальные славянские языки казались ей исковерканным русским. Французский и немецкий она освоила на бытовом уровне: как пройти? Сколько стоит? Прекрасно! Ужасно! Да-да, нет-нет… Английский язык — темный лес. И только в русском языке Зюма купалась, как в теплом бархатном море, не хочется вылезать. Могла плыть до бесконечности.

Ей необходима была Россия и русские.

Зюма и Гарик жили в доме, построенном на Семины деньги.

К Гарику приезжали его дети от первого брака. Два мальчика. Зюма пыталась их полюбить, но ничего не вышло. Она могла любить только своих.

Дети Гарика приезжали к отцу в гости и тут же садились обедать и сметали весь холодильник. Зюма не нуждалась, ей было не жалко еды, но она поражалась: сколько можно жрать и пить? Как с голодного края.

По вечерам Зюма выходила гулять с собакой. Я тоже выходила со своей собакой, и наши собаки — ее породистый кобель и моя беспородная сучка — с восторгом устремлялись на встречу друг с другом.

Нам с Зюмой ничего не оставалось, как здороваться и идти рядом.

Соседство ее породистого пса и моей дворняжки наводило на мрачные мысли о мезальянсе Семика с Оксаной.

Надо было о чем-то говорить. Не молчать же.

Я спросила:

— Как ваш брат?

— Не знаю, — хмуро ответила Зюма.

Мы подошли к ее дому.

— Хотите зайти? — спросила Зюма. — Давайте зайдем, только у меня к вам одна просьба: оставьте зависть за дверью.

— Чью зависть? — не поняла я.

— Вашу. Не завидуйте.

— Хорошо, — согласилась я. — Не буду.

Вообще, я на зависть вялая. У меня этот участок в мозгу не развит. Может быть, поэтому у меня хороший цвет лица.

Мы вошли в дом Зюмы. Меня поразил ее кабинет. Карельская береза с бронзой. Красота буквально бросалась в глаза, как живая. Ошеломляла и завораживала.

— Это Луи Каторз, — сказала Зюма. — Их всего четыре экземпляра. Один в Америке у Рудольфа Нуриева, другой у жены Лужкова, третий у меня.

— А четвертый?

— Не знаю. Где-то есть. Его цена — два миллиона евро. Я думаю: может, продать?

— А зачем?

— Деньги.

— А сами вы не хотите жить в красоте?

— После меня все перейдет детям Гарика. А я не хочу. Мне это противно. Я искала, доставала, а они придут и рассядутся в грязных штанах.

— Зачем думать о том, что будет? Надо жить сегодняшним днем, — предложила я.

— Как бабочка-однодневка, — прокомментировала Зюма.

Я подумала: пусть живет как хочет. Не мне же ее учить.

Мы побродили по дому. Мне понравились цветы в кадках. Много зелени. Красиво.

Зюма предложила чай, но Найда выла во дворе. Я не захотела испытывать ее терпение.

— Значит, мы договорились? — спросила Зюма.

— О чем? — забыла я.

— Вы оставите свою зависть за дверью. Знаете, это очень вредно, когда человек завидует.

— Кому вредно?

— Обоим. Зависть разрушает того кто и того кому.

— Понятно. Я не буду завидовать.

— Дайте честное слово.

— Честное слово, я не буду завидовать, потому что нечему.

— До свидания, — попрощалась Зюма.

— До встречи, — попрощалась я. — Всего хорошего.

Я шла домой и тихо злилась. Зюме мало превосходить материально. Ей надо еще и унизить. Унизить другого, чтобы на его фоне возвыситься самой.

Зюма пропала куда-то. Говорили, что она переехала в Америку. Может быть, увезла Гарика подальше от его прожорливых детей. Хотела владеть им одна.

Летом в Лос-Анджелесе жарко. Зюма засобиралась в Россию, но решила подготовиться. Легла в клинику, вырезала вены на ногах и убрала косточки на стопах. Потребовалось две операции, но красота требует жертв.

Среди лета Зюма появилась в поселке и вышла на прогулку. На ней были шорты и туфли на каблуках. Ноги — длинные, стройные, абсолютно молодые.

Я не стала завидовать, поскольку это вредно, решила сделать комплимент. Почему бы и нет? Тем более что я в прошлый раз была невежлива.

— У вас ноги как у породистой кобылы, — похвалила я.

Зюма посмотрела на меня и созналась:

— Я два месяца в больнице лежала, косточки разбивала.

— Зачем? — не поняла я.

— Чтобы туфли можно было надеть.

Оказывается, стройные ноги — плод мучений и терпения, не говоря о деньгах.

Я бы на такое не пошла. Соглашаться на боль и наркозы — только для того, чтобы кто-то сказал комплимент, и прошел мимо, и тут же забыл. О! Эта зависимость от чужого мнения. Называемая тщеславием. Тщетная слава.

Зюма была рада моему появлению. Во-первых, есть перед кем похвастать, во-вторых, скучно гулять одной. Ей была нужна аудитория.

И я обрадовалась Зюме. Была в ней яркость, энергия, ни на кого непохожесть.

Мы пошли рядом.

Зюма стала рассказывать о своей жизни в Америке. Пожилые люди там не скучают, записываются в клубы. Лично она ходит на танцы. Ее партнер — мексиканец.

— А как ваш брат? — вспомнила я.

Зюма долго молчала, потом сказала:

— Я забрала у него рыбу, но оставила удочку. Он наловил новые миллионы.

— Какую удочку? — не поняла я.

— Мозги. У него же золотые мозги. Он все восстановил.

— Так хорошо. И у вас все хорошо. Вам надо помириться.

Зюма промолчала, продолжала идти, глядя в землю. Вдруг остановилась и зарыдала, так отчаянно и глубоко, что я оторопела.

Прохожие останавливались в нерешительности, не зная: то ли подойти, то ли не заметить. Зюма рыдала душераздирающе, как когда-то возле детского дома.

Называется, приехала в родные пенаты. Стоило так готовиться, пройти через две операции, чтобы в результате рыдать посреди дороги.

— Все не так плохо, Зюма... — растерянно бормотала я. — Надо только помириться. И все. А иначе — какого смысла?

От волнения я путала падежи.

Зюма продолжала рыдать с открытым дрожащим лицом. У нее было все: деньги, муж и даже Америка. Но не было главного — брата. И не было дороги назад. Слишком далеко разошлись их льдины в океане. Не перескочишь.

Зюма стояла одна на своей льдине, и ее несло все дальше в черный океан. А льдина — всего лишь льдина. Она трескается и тает.

Прошли годы.

Я уже гуляла по поселку со своей внучкой.

Поселок изменился. Вместо скромных финских домиков выросли особняки размером с маленький отель. Вместо деревянных штакетников — кирпичные заборы, как китайская стена. Вместо калиток — кованые ворота, буквально Летний сад.

Писателей почти не осталось. Сменилось поколение. Нынче поэт в России — только поэт, только профессия — такая же как продавец в гастрономе. С той разницей, что продавец больше зарабатывает. И вообще, я заметила: поэты выродились. Все больше менеджеры.

Зюма умерла, не дожив до семидесяти. Говорили, что у нее был рак. И Америка не помогла. Смерть найдет где угодно, даже в Америке.

Дом в нашем поселке перешел Гарику. Гарик здесь не появляется, на выходные приезжают его выросшие дети, привозят толпы гостей и устраивают лихие попойки. Музыка гремит до неба, гости толкутся на диване и креслах Луи Каторз в грязных штанах. Но Зюме это уже все равно.

О Семе ни слуху ни духу. Известно, что его жена Оксана перевезла в Москву свою родню: дочку Маечку, брата Виталика и родителей — папу и маму. Семья разрослась. Было трое, стало семь человек. Семина теща не любит инородцев, хотя отдает им должное. Она говорит: «Явреи, они умные».

Мы с внучкой останавливаемся и смотрим на красивое круглое окно.
— Чей это дом? — спрашивает внучка.

— Одной тети. Она умерла.
— А где она сейчас? Нигде?
— Не знаю. Может, где-то и есть.

Может, где-то по Млечному Пути бродит Зюма, поджидает Сему — одного, без Оксаны. И тогда она опять, как прежде, засунет его себе под мышку и никому не отдаст. Они объединят свои две души в одну и умчатся в бесконечность, где их никто не достанет.

Время, как цунами, смыло Зюму, унесло вместе с ее страстями, любовью и ненавистью. А может, и не цунами вовсе — маленькая ласковая волна слизала ее следы на золотом песке. Были — и нет.

И все-таки это не так. Была и осталась ее всепоглощающая любовь к брату. Эта любовь сохранилась в атмосфере. Я ее чувствую. Я ею дышу.

короткие гудки

В афишах его имя писали метровыми буквами: ПАВЕЛ КОЧУБЕЙ. А ее имя внизу — самым мелким шрифтом, буковки как муравьиные следы: партия фортепиано — Ирина Панкратова.

Несправедливо. Она окончила музыкальную школу и консерваторию, училась пятнадцать лет, сидела за роялем по четыре часа в день. У всех — детство, отрочество, юность, а у нее гаммы, этюды, сольфеджио.

Мама Ирины не ходила на концерты. Ее ущемляла второстепенная роль дочери. В консерватории Ирина считалась самой яркой пианисткой на курсе. Педагог Россоловский готовил ее к концертной деятельности. А в результате Ирина — аккомпаниатор. Обслуживающий персонал. Обслуживает голос певца.

Мама конечно же была неправа. Аккомпаниатор — серьезная творческая работа. Тем более такой аккомпаниатор, как Ирина Панкратова.

Ирина чувствовала певца на уровне тонких материй. Подготавливала каждый его вдох, растворялась, становилась неслышимой когда надо. Во время проигрышей набирала силу, но только для того, чтобы вовремя отступить, дать дорогу певцу. Он — ВСЕ. Она — на подхвате. Главное — результат. А результат всякий раз был высочайший.

За кулисами выстраивались очереди. Певцу несли букеты. Ирине — никогда, но она не обижалась. Была равнодушна к цветам. Все равно на другой день завянут. Долго стоят только сиреневые репья, но репьи никто не дарит. А зря.

В зале неизменно присутствовала семья Кочубея. Мама Софья Петровна, жена Ксения и сын Вова. Мама выглядела моложе жены, всегда свежепричесанная, модно одетая. Жена выглядеть не старалась. Чем хуже, тем лучше.

Ее позиция была крепка. Первое — сын Вова. Второе — болезнь Павла, невидимые миру слезы.

Павел — алкоголик. Вот он стоит на сцене, красавец испанского типа, голос нечеловеческой красоты, хочется плакать от восторга. И плачут. Дуры. Павел распускает хвост как павлин, наслаждается властью таланта. Однако все кончится запоем. Поставит возле себя ящик водки и будет пить три дня. Пить и спать, проваливаться в отключку. Потом снова выныривать из небытия, пить и спать. А по полу будут плавать алкогольные пары, запах разбитых надежд. Кто это будет терпеть? Только Ксения, жена без амбиций, на десять лет старше.

Алкоголиком не становятся, алкоголиком рождаются. Мама Софья Петровна это знала. Порченый ген достался в наследство от деда. Чего боялись, то случилось. Удружил дед.

Софья Петровна умела смотреть вперед. Ее любимому и единственному Павлу нужна была в жены не звезда, не секс-бомба. Ему была нужна запасная мама. И она высмотрела подходящую: Ксения. Ксения — старше. Это хорошо. Не сбежит. Ксения родила сына — это тоже хорошо. Не просто хорошо, определяюще. Смысл жизни.

Павел сначала бунтовал. Ему хотелось не запасную маму — зрелую и тяжелую, а именно звезду или в крайнем случае тихую интеллигентную девочку в очках, со скрипкой у щеки. Ему хотелось восхищаться и заботиться, но получалось, что все заботились о нем, и в нем постепенно отмирал мужчина и укреплялся сын — сыновнее, потребительское начало.

Павел страдал и напивался, а когда напивался — все становилось все равно. Какая разница: сыновнее, отцовское, главное — дотащиться до туалета.

Ирина Панкратова ничего не знала про алкоголизм и алкоголиков.

Она росла с мамой и сестрой исключительно в женском обществе. Отец отсутствовал по неизвестным причинам. Вокруг них не было пьющих знакомых. Такая эпидемия, как пьянство, прошла мимо Ирины.

Для нее Павел Кочубей был коллега, работодатель и кумир. Она обожала его за ум и талант. Серьезное сочетание.

Казалось бы, какая разница, кто поет: умный или дурак. Музыка написана, слова тоже. Пой себе, и все. А разница. Дурак заливается соловьем, а о чем поет — не вникает, думает о постороннем, например: чего не хватает в холодильнике. И публика тоже думает о постороннем. Жидко хлопает или не хлопает вовсе.

Павел Кочубей осмысляет каждую музыкальную фразу, он погружен в настроение. Он весь — ТАМ. За горизонтом. Его здесь нет. И зала здесь нет. Когда тает последний звук, публика постепенно возвращается в реальность и жарко благодарит аплодисментами за свое отсутствие, за свои горизонты. За тем и ходят на концерты. За собой.

Такие исполнители, как Павел Кочубей, — редкая редкость. За это можно все простить, и запои в том числе. Запой длится три дня в месяц. Но все остальные двадцать семь дней он — гений. И красавец.

Павел красив не агрессивной грубой красотой красавца. Такую внешность, как у Павла, дает только ум, застенчивость и хорошее воспитание.

Ирина смотрит на него не отрываясь. Инопланетянин. Как бы она хотела уткнуться своим лицом в его шею, вдыхать чистый черешневый запах. Вот где счастье…

Ирина молчала о своей любви. Павел был несвободен, и сознаться в любви — значило ступить на чужую территорию. А это — война. Ирина не могла ступить, но и не любить она тоже не могла.

Так и жила, страдая и аккомпанируя.

Павел не замечал других женщин, которые лезли к нему изо всех щелей, как тараканы. Их можно понять. Когда он пел, в него невозможно было не влюбиться. Ксении и самой когда-то снесло голову. Приличная молодая женщина, кандидат наук, она превратилась в сыриху. От слова «сыр». Это название пошло от поклонниц Лемешева, которые прятались от холода в магазине «Сыры», напротив дома Лемешева.

Сырихи есть у каждой знаменитости. У Павла Кочубея они тоже были, и он охотно пользовался ими при случае. Зачем отказываться, когда сама идет в руки. Правда, не сосредоточивался на случившемся. Забывал на другой день, а иногда и раньше. Но Ксения все-таки боялась, а вдруг влюбится... Выручали запои. Когда Павел пил — ничего не помнил. После запоев ужасно себя чувствовал. Подступало чувство вины. Хотелось доказать себе и другим, что «я царь еще»... И тогда он пел как бог. Душа поднималась в горние выси, никто не мог с ним сравниться. И залы ложились к его ногам, как укрощенные звери. И женщины были готовы отдаться тут же, на сцене, или прийти к нему домой и вымыть полы.

Павлу необходима была эта власть, она его поддерживала в собственных глазах. Через какое-то время начиналась предалкогольная депрессия, в душе разверзалась пропасть, ниже которой не упасть. Дно вселенной.

Так и жил, объединяя в себе расстояния от самого дна до самой высоты.

Ирина Панкратова мечтала о самостоятельной концертной деятельности.

В свободное от работы время сидела за роялем по пять часов. Ее любимые композиторы: Чайковский, Шопен, Рахманинов.

Когда долго не подходила к роялю, начинала тосковать, перемогаться, как будто находилась в замкнутом помещении. В лифте, например.

Хотелось вырваться на волю. И когда открывала ноты, у нее от нетерпения дрожали руки. Тоже своего рода музыкальные запои, но эти запои не опустошали, а, наоборот, наполняли, очищали.

Ирина думала иногда: а как живут люди, которым не дана музыка?.. И любить она могла только человека от музыки, посвященного в ее веру.

Сырихи преследовали Павла, как стая собак. И случалось, догоняли, и он отсутствовал по неделе. Вот где нервотрепка: придет, не придет... А вдруг напоролся на молодую хищницу... Не устоит, только пискнет.

Эти молодые певички из шоу-бизнеса поют в коротких шортах, задница — наружу и сиськи вываливаются из лифчика. Голос — нуль, только и умеют что вертеться. «Смотрите здесь, смотрите там, может, я понравлюсь вам...»

Ксения ненавидела их биологической ненавистью, а Софья Петровна вздыхала украдкой. Лишила сына счастья. Обеспечила ему стабильность, а счастье украла. Заменила одно другим. Заменила бриллиант стекляшкой. Любовь заменила привычкой. Бедный, бедный Павел.

Все оправдывал Вова. У него должна быть полная семья, и она у него есть: папа, мама и бабушка.

А любовь... Она благополучно проходит и часто превращается в свою противоположность. В ненависть. Так что не стоит печалиться. Главное — дело и дети.

Ирина мечтала о концертной деятельности, но концерты — это мечта. А реальность — Павел. Она жила только в те минуты, когда видела его и слышала. Она неслась с ним на одной волне, и куда ее занесет — не имело значения. Только бы он. Только бы с ним. Без Павла все было холодно, темно, как в погребе. Появлялся Павел — и вокруг Куба, солнце, карнавал.

Они могли молчать подолгу, просто присутствовать в одном времени и пространстве. Они не уставали друг от друга. Наоборот. Все становилось разумным и насыщенным, как будто в суп добавляли соль и специи.

Мама Ирины беспокоилась: дочь зациклена на женатом и пьющем. Что, больше нет других мужчин?

Других мужчин не существовало для Ирины. Так... Ходят... Гомо сапиенсы. Какой от них толк? Что они добавляют в жизнь?

А Павел — это сама музыка, красота и осмысление. Он осмысляет жизнь вокруг себя и дарит это другим. Берите, если способны взять...

Ирина обожествляла Павла. Сотворила себе кумира. А ведь это грех. Но что поделать? Хочется иметь личного бога.

Иногда ее охватывала паника: а что же дальше? Дальше — ничего. Надо хвататься за весла и отгребать как можно дальше, как лодка от тонущего «Титаника». Иначе засосет в воронку. Умом понимала, но возраст любви бушевал в ней. Желание любить, продолжать род, быть верной и жертвенной. Готова была умереть за него. Слава богу, что это не понадобилось.

Часто репетировали в его доме. Это было уютнее, чем в пустом холодном зале.

Закрывали плотно дверь, а за дверью шла повседневная жизнь. Ксения ходила в тесном халате, все время что-то терла, стирала, варила. Батрачила, как домработница. Она была милая и безобидная, как кошка. Кошку невозможно пнуть, хочется погладить.

Сыночек носился по дому, как хозяин жизни, — писклявый, трогательный. Ему разрешалось все. Иногда он выходил из берегов, и тогда бабушка делала ему замечание, выговаривала со строгим лицом. Вова заглядывал в самые зрачки бабушки, искал слабину. И находил. И тогда из него исторгался победный вопль, Вова шел вразнос, был неуправляем, как Чернобыльская АЭС перед взрывом. Излишняя любовь перечеркивает всякое воспитание.

Но что делать? Невозможно же не любить такого единственного и самого драгоценного!

Ирина вела себя скромно. Ела мало. Поиграла и ушла.

Все случилось в день его рождения. Летом.

Семья была на отдыхе в Прибалтике. Далеко. Павел попросил Ирину помочь по хозяйству. Накрыть стол.

В доме осталась прислуга тетя Зина. Вместе с тетей Зиной начали хлопотать, придумывали холодные закуски.

У Ирины были «вкусные» руки. Особенно ей удавались паштеты и салаты. Она совмещала несовместимое, и получалось то, что во Франции называется «петит шедевр». Маленький шедевр.

Тетя Зина купила перепелиные яйца для украшения блюд. Они их сварили, облупили и стали пробовать. Стояли друг против друга, жевали, прислушиваясь к вкусовым ощущениям. Эти минуты почему-то врезались в память. Ничего особенного не происходило. Жевали, смотрели бессмысленно. А вот запомнилось, и все.

Дальше пришли гости, в основном музыканты с женами, певцы, критики, кое-кто из начальства.

Павел любил начальство. Расположить к себе нужных начальников — значит сделать дорогу ровнее, без ям и колдобин. Значит, получать хорошие залы и выезжать за границу. Много хорошего происходит на гладкой дороге. Главное — экономия времени. Экономия жизни.

Гости собрались в прекрасном настроении, в предчувствии реальной выпивки, эксклюзивной закуски и качественной беседы.

Мама Павла готовила незабываемо прекрасно, но в этот раз мамы не было. И жены не было. Сидела никому не известная аккомпаниаторша, молодая и никакая. А что она здесь делает?

На последних афишах они все время были вместе, а это значит: совместные репетиции, совместные гастроли. Может, любовница? Тогда почему приперлась на семейный праздник и села? Не сама же она приперлась. Хозяин позвал. А впрочем, какая разница? Водка холодная, вина — грузинские, закуски — свежайшие.

Застолье разворачивалось. Павел напился и даже танцевал. Двигался он не очень. Пузом вперед.

Всем было беспричинно весело. Самое качественное веселье — беспричинное.

Несколько раз звонили из Прибалтики. Мама волновалась: не запил ли? Конечно, запил. Но первые часы запоя — это квинтэссенция счастья. Это то, из-за чего... Потом уже проваливаешься в черный мешок и ничего не помнишь. А вначале... Небо над головой рассыпается салютом победы, торжеством бытия...

Ирина не ушла домой. Помогала тете Зине убрать со стола. Выполняла приказы Павла:

дай воды, дай пепельницу, дай то, это, сядь, принеси, ляг рядом...

Ирина металась, подносила, уносила, легла рядом.

Как это случилось? Он позвал, она покорилась. Куда девалась тетя Зина? Заснула в другой комнате или бодрствовала?..

Гости ушли — это она помнила. Павел быстро заснул. И это помнила. А вот она — не спала. Любила его каждой клеточкой, каждым миллиметром своего тела. Покрывала его лицо тихими летучими поцелуями. Лицо, и руки, и плечи. Оберегала, как грудного младенца. Нежность переливалась через край. Он мог задохнуться от ее нежности. Но обошлось.

В какую-то минуту ей стало страшно: бог может отомстить за такую полноту счастья. Ирина соскользнула с дивана, встала на колени, подняла глаза и руки к небу, попросила шепотом: «Не отомсти...»

На рассвете решила убраться домой. Не хотела встречаться с тетей Зиной. Позорище какое. Ходит в дом, числится другом дома, а сама крадет, как паршивая кошка.

Ирина устала от напора любви и чувства вины. Хотелось грохнуться в свою постель и отключиться ото всего.

Ирина сняла с себя его руку и ногу. Встала. Оделась. Уходя, возвела глаза к небу, дескать: мы договорились.

Она, конечно, виновата. Но что же делать, если Павел — главный мужчина ее жизни. Больше никто. И никогда. Только с ним общая дорога — музыка. Самое неконкретное из искусств. Литература — это мысль. Живопись — это зрение. А музыка — душа. Ее не опишешь, не нарисуешь и даже не представишь себе.

Значит, у них — Ирины и Павла — общая душа. И общее тело. Как можно любить кого-то, кроме него: горячая кожа, черешневый запах, а нежность такая, как будто сама родила.

Ирина ушла домой. Она знала, что три дня Павел будет выключен из жизни. Будет пить и спать. Презренный запой, тяжелый недуг. Но сколь тяжелые недостатки, столь весомые достоинства. Патология одаренности — расплата за талант. Но лучше талант с расплатой, чем ни того ни другого. Лучше бездны и пропасти, чем равнинная скука.

Это было начало.

Ирина подозревала, что Павел не помнит той ночи. Но он все запомнил. Ее любовь пробила алкогольные слои. Павел захотел повторить близость. А потом уже не смог без этого жить.

И понеслось, покатилось...

Семейная конструкция стала разваливаться. Зашатался пол, поехал потолок, как при землетрясении. А это и было землетрясение. Ему уже не нужна была жена Ксения. Да. Крепкий тыл. Но тюрьма тоже крепка.

Ребенок дорог, конечно. Безмерно дорог, но у него впереди своя жизнь. Вова вырастет, и уйдет на зов любви, и спасибо не скажет. Даже если скажет. Стоит ли Вовино «спасибо» обесцененной и обесцвеченной жизни Павла? Как черно-белая фотография. Только при Ирине все обретало смысл и краски. Фонтаны били голубые, и розы красные цвели. И романсы, которые он пел, приобретали глубину. Павел становился равен Чайковскому и Глинке, не говоря о прочих, помельче.

У Ирины была совершенная техника и врожденное чувство аккомпанемента. Это был настоящий дуэт рояля и голоса, как рыба и река. Птица и небо. Созданы друг для друга.

Павел уже не мог выносить других аккомпаниаторов. Другой (или другая) усядется перед роялем, отстучит, глядя в ноты, как заяц на барабане. Вроде все то, да не то. Павел уставал от таких концертов, истощался душой. С Ириной он успокаивался. Становились понятны строчки гения: «На свете счастья нет, но есть покой и воля». Но и счастье тоже есть, как оказалось.

Павел влюбился. После своего дня рождения он вдруг УВИДЕЛ Ирину. Ему постоянно хотелось на нее смотреть. Касаться. Хотелось, чтобы она была рядом как можно ближе, совсем близко. Хотелось посадить ее за пазуху и слышать, как стучит ее сердце возле его сердца.

Сердца бились в одном ритме, как голос и сопровождение. Общая музыка.

На гастролях не расставались. Ехали в одном купе, жили в одном гостиничном номере, спали на одной кровати, ели одну еду, видели одни сны, думали одну думу: что же дальше делать с этой любовью?

Ирине исполнилось двадцать восемь лет, пора замуж, пора рожать. Сколько можно прятать любовь, притворяться перед его семьей, перед коллегами и друзьями? Путаться, как кошка, под ногами чужой жизни?

Павел все понимал, но не мог обидеть семью, да что там обидеть — пустить под нож. Всех, и старых и малых. Он — позвоночник семьи. Без него все сломается. Жалко ломать родных и близких. Но он не в состоянии был затоптать чувство. Ирина — это каждая минута, сегодня, сейчас. Горячее дыхание жизни.

Долг и счастье вступили в противоречие, разрывая душу на равные куски.

В одну прекрасную ночь лежали в гостинице. Кажется, это был Нижний Новгород. За окном темно и сыро, а в номере тепло и уединенно, и в них самих такая легкость, как в невесомости. Кажется, сейчас взлетишь и поплывешь над крышами, как на картинах Шагала. В такие минуты не страшно умереть.

— Давай поженимся, — сказала Ирина.
— Не сейчас.

Павел хотел как можно дольше не совершать поступка. Оставить все как есть. Счастье длилось бы бесконечно, и долг нерушим.
— А когда? — спросила Ирина.
— Пусть Вова кончит школу.

Ирина посчитала: Вова в третьем классе. Значит, через семь лет. Долго. Но лучше, чем никогда.
— Подождешь? — проверил Павел.
— А куда я денусь?

Обнялись. Слушали тишину. Это была другая тишина, другого наполнения. Впереди — счастье с пожизненной гарантией. Так будет сегодня, через семь лет и всегда.

Для Павла — семь лет отсрочки. Вове будет семнадцать. Окончит школу, поступит в институт. Вылетит из гнезда.

Прошло семь лет.

Вова учился в десятом классе, собрался жениться на однокласснице Оле. Такая срочность была продиктована беременностью невесты. Была бы девочка попроще, обошлись абортом. Но девочка из хорошей семьи, никто не собирался рисковать. Пусть будет ранний брак и ранний ребенок. Ксения бегала по инстанциям, собирала нужные справки, поскольку в семнадцать лет не расписывают. Только с особого разрешения.

Эту новость Павел сообщил Ирине за кулисами. Он был подавлен столь ранним вступлением Вовы во взрослую жизнь.

— А мы? — растерялась Ирина.

— Не сейчас, — сказал Павел. — Перед родителями невесты неудобно. Неприлично.

— И что теперь?

— Подождем три года. Пусть ребенок пойдет в детский сад.

— А что изменится?

— Я изменюсь, — сказал Павел. — Я буду свободен.

Ирина поверила. И в самом деле: на плечи Павла ложилась еще одна семья: Вова — Оля — ребенок. Не может же он бросить всех на ржавый гвоздь...

Оркестр под управлением великого дирижера объявил конкурс пианистов. Ирина прочитала об этом в газете. Не обратила внимания. Зачем ей этот конкурс? Она хорошо зарабатывает, Павел рядом, что еще? Потом вдруг подумала: не боги горшки обжигают. Оделась и поехала по адресу.

Ирина совершенно не волновалась. Спокойно села и сыграла.

Великий дирижер подошел к ней и спросил:

— А где вы сейчас концертируете?

— Я аккомпанирую, — ответила Ирина.

— Это все равно что Пушкину заказать вывеску «Булочная».

Ирина не поняла, при чем тут Пушкин, вывеска, но было ясно, что дирижер ее высоко оценил.

Через месяц она репетировала концерт для рояля с оркестром. Теперь она сидела в центре сцены и на нее были устремлены все взгляды: и дирижера, и оркестрантов, а в дальнейшем — и публики в зале. Все аплодисменты ей, и все цветы — тоже ей. Это тебе не аккомпаниатор за спиной у певца. Теперь ее имя будут писать на афишах метровыми красными буквами.

Павел Кочубей ревновал и бесился. Он хотел, чтобы Ирина, как золотая рыбка, обслуживала только его.

Ирина все свободное время посвящала Павлу. С возрастом он становился красивее, чем раньше: поседел, похудел, ему шло. Пить стал больше. Запои продолжались уже не три дня, а пять. После запоев — депрессия, так что десять дней из месяца выпадали. Но зато остальные двадцать дней он лучше всех. Он был прекрасен. Он был ЕЕ до последней трещинки на губе.

Время имеет манеру наращивать свой бег.

Внуку Ванечке уже три года. У него проблемы с пищеварением: то он обкакался, то, наоборот, не какал три дня. Страшно отдавать в детский сад, пусть еще дома посидит. Нужна нянька. Где взять надежную няньку? В душу незнакомого человека не заглянешь. Нянька может объедать ребенка, а может и ударить, страшно подумать. А еще говорят: подливают алкоголь в еду, чтобы ребенок спал.

Для Павла нянька — дополнительные расходы. Павел потихоньку превращается в дойную корову, которую доят беспрестанно. Павел соглашается на любые гастроли, летит в любой медвежий угол, поет в холодном сельском клубе.

Ирина отсутствует в Москве по полгода. Гастроли за рубежом: Германия, Франция, Бельгия, Китай...

У нее уже есть музыкальный агент. Немец Томас. Без агента на Западе — нереально.

Томас — представительный, с седой прядью, хоть и скучноватый, прямолинейный, как бревно. Однако порядочный. Ему можно доверять. Его не надо перепроверять. Немец.

Ирина подолгу отсутствовала в Москве, но все знала. Павел поет и пьет. Так было, так будет, как мироздание. В нем всегда будут: музыка, водка, любовь. Хорошее сочетание. Лучше бы, конечно, только музыка и любовь, без водки. Но если нужно платить за избранность, придется заплатить. Цена дорогая, однако есть за что.

Во Франции Ирина узнала, что Софья Петровна умерла. Бедная мама, бедный Павел.

Но Павел, как выяснилось, не бедный. У него новая любовь из шоу-бизнеса по фамилии Дюдюкина. Псевдоним Манго-Манго.

Эту новость сообщила Ирине подруга, по телефону.

— Красивая? — спросила Ирина.
— Лоб в два пальца, как у обезьяны гиббона.
— Гиббон — это мартышка? — уточнила Ирина.
— Нет. С красной жопой. Здоровая такая...
— А где он ее взял?
— Это не он. Она. Ее личная инициатива. Она сначала нарезала круги вокруг Радунского. Тот не дался. А Павел повелся.
— А Радунский кто?
— Хозяин канала.
— Он не женится.
— Кто? — не поняла подруга. — Радунский?
— Павел. Он соскочит.
— Уже женился. Три дня назад была свадьба.
— А семья? — оторопела Ирина.
— Все на своих местах. Он все им оставил и ушел к Дюдюкиной.
— Меня зовут... — Ирина положила трубку.

Ее никто не звал, просто было трудно говорить. Она задыхалась, как будто ее сунули с головой под воду.

Набрала номер Павла. Услышала его голос.
— Это правда? — спросила Ирина.
— Ты сама меня бросила, — ответил Павел. — Променяла на доллары и марки.

Значит, правда. Она ждала десять лет, а он ее обманул. Как говорят деревенские: «Омманул». Предал. А теперь перекладывает вину с себя на нее. Так легче.

Вспомнились стихи: «Ты для подлецов была удобная, потому что ты такая добрая...»

Ирина снова набрала. Павел не отозвался, не хотел выслушивать упреки. У него уже имелась Дюдюкина, и ему с ней было манго-манго. А Ирина и все их договоренности ушли в прошлое, опустились в культурный слой, как древний город. Когда-нибудь геологи разроют, найдут старый фундамент, и по этому фундаменту можно будет представить, какая здесь была постройка — дворец, например, или бани.

Ирина еще раз набрала Павла.

Он долго не снимал трубку, потом все-таки поднял. Грубо спросил:

— Чего тебе?

Он отгораживался от нее этой грубостью.

— Когда ты сдохнешь, я приду и плюну на твою могилу, — внятно сказала Ирина.

— Что ты такое говоришь? У меня же воображение...

Видимо, он представил себе свою могилу и Ирину, плюющую на свежий холм.

Ирина спустилась в бар гостиницы (она жила в лучшем отеле Цюриха) и выпила шесть стаканов виски. Один за другим. Добивалась, чтобы отшибло память. И действительно отшибло. Она выпила последний, шестой, стакан и грохнулась возле барной стойки.

Бармен с брезгливостью смотрел на пьяную русскую. Он привык к тому, что русские напиваются как свиньи. Как правило, мужчины. Но вот, оказывается, и женщины.

Картина была ясная: алкогольное отравление. Проспится и воспрянет. Бармен не стал вызывать «скорую помощь». Женщина была хрупкая. Он вскинул ее на спину, как мешок с картошкой, и отнес в номер. Сгрузил на постель. Больше здесь делать было нечего.

Прошло много лет.

Жили-были старик со старухой. Но жили врозь. Каждый в своей жизни.

Павел — с Дюдюкиной. Ирина — с дочерью Габриэлой. Родила от Томаса, но в Германии не осталась. А Томас не захотел жить в России.

Ирина преподавала в консерватории, имела частных учеников. Не бедствовала. Даже помогала дочери. У Габи имелись уже свои дети, а мужа не было. Говорят, личная жизнь передается по наследству. У Ирины не сложилось. И у дочери не сложилось. Слава богу, имелись внуки (дети Габи), а это важно. Рядом текло детство, отрочество, юность — жизнь.

Павел тоже был окружен внуками, но чужими. У Дюдюкиной имелась дочь от первого брака. Дочь любила рожать, активно размножалась. Внуки постоянно толклись в доме бабки.

Дюдюкина не разрешала называть себя «бабушка». Велела звать по имени: Валя. Ей казалось, что быть бабушкой стыдно. Бабушка — старушка. А если Валя, то бабушка — подружка.

Павел имел свою комнату с трехслойной дверью, но звуки все равно проникали.

Дети — это дикари, люди на заре человечества. Они и разговаривают, как дикари: звуками, междометиями. Орут, визжат, пристают, лезут. Своих-то еле выносишь, а тут не свои. Павел перемогался, но терпел. Что тут скажешь?

Павел не пил и не пел. Врачи установили несмыкание связок. Заржавели связки, заржавели суставы. Все портится от времени. У этого явления есть даже научное название: энтропия.

Ирина была в курсе жизни Павла. Ничем не интересовалась, но все знала.

Они не общались. Полный разрыв отношений, а это тоже отношения. В полном разрыве есть напряжение.

Ирина часто перелистывала в памяти их десятилетний период.

Десять лет — много. Целая жизнь.

Почему же он на ней не женился? Тянул, изворачивался.

И вдруг всплыла догадка: мама не разрешала. Софья Петровна. Стояла, как Афганистан. Мама считала: любовь — это химия, химический процесс в мозгу. А ребенок — реальный, живой и теплый. Нельзя, чтобы он страдал от неполной семьи, нельзя делать Вову подранком.

Алкоголизм — это болезнь воли. Павел был внушаем, слушал маму. Мамсик и алкоголик. Сам ничего не решал. Он женился на Дюдюкиной после того, как умерла мама. Кажется, на третий день после похорон. Ему захотелось поступка. Захотелось почувствовать себя настоящим мужчиной и не мамсиком.

Дюдюкина возникла в нужное время, в благоприятный исторический период. Как Октябрьская революция.

Ирина в те поры была далеко, за семью морями. Она вырвалась из-за спины Павла на простор. Весь мир под ногами. Она поднималась из-за рояля, кланялась, и ей хлопали стоя. Ей, а не кому-то еще.

Если разобраться: хорошо, что они не поженились. Не было бы дочки. Врачи не советовали рожать от алкоголика. Страшно. А какая жизнь без ребенка?.. Не было бы внуков, само собой. А какая старость без внуков?

Не было бы карьеры, так и просидела бы в тени Павла. Не было бы материального благополучия, а как тяжело зависеть в старости.

Ее имя уважаемо в музыкальных кругах, и дочь может смело сказать: «Я из хорошей семьи». Разве этого мало?

Значит, все хорошо и не надо плевать на его могилу. Наоборот. Положить цветочек. Сказать спасибо. Кому? Ангелу-хранителю. Кому же еще? А ведь Павел и был ее ангел-хранитель. Подарил сильные чувства и уберег от роковой ошибки.

Это не Павел тянул и переносил сроки. Это судьба хранила и оберегала. А судьба знает что делает.

Утром раздался звонок.

Ирина Николаевна взяла трубку. Услышала одно слово:

— Привет...

Она узнала этот голос, и сердце застучало в горле, в висках, в кончиках пальцев.

— Ты где? — спросила Ирина. А что еще спросить?

— Я из больницы тебе звоню.

— А что ты там делаешь?

— Умираю.

— Ну давай... А то я мемуары не могу опубликовать.

— Почему? — не понял он.

— Обидишься.

Он помолчал. Потом сказал обычным голосом:

— Я сегодня утром проснулся в своей постели и почувствовал, как меня оставили все силы — физические и духовные. Я стал молиться Богу, чтобы он послал мне легкую смерть. И вот я лежу и понимаю, что в этом доме я ни на фиг никому не нужен. И мне тоже не нужен никто.

Павел замолчал.

— Понятно, — отозвалась Ирина. А что еще сказать...

Ей было понятно: Павел нарушил многолетнее молчание, чтобы попрощаться и покаяться. Он предал свою любовь. И вот расплата — одиночество.

— Но ты же в больнице? — уточнила Ирина.

— Ну да, вызвали «скорую». Отволокли в больницу.

— А что врачи говорят? — спросила Ирина.

— Вирус какой-то...

— Вот и хорошо. Убьют вирус. Будешь жить.

— Буду, наверное. Только зачем?

Помолчали. Послушали тишину.

— Я не смотрю вперед, потому что впереди исход и безнадежность. Я смотрю только назад, где в золотом луче бьется наша любовь...

Покаяние в конце пути. Осознание своей ошибки. И что с этим делать? Жизнь прошла. Без него. А какая могла быть жизнь... Не надо ничего, ни денег, ни славы, только бы смотреть в его лицо и плыть над крышами, как на картинах Шагала.

— Помнишь, ты хотела прийти и плюнуть на мою могилу?
— Помню.
— Не придешь.
— Почему?
— Лень будет тащиться на кладбище.
— Я не приду потому, что ты не умрешь. Ты будешь всегда.
— И ты будешь всегда, — отозвался Павел.

Время разрушает все: дворцы, людей, целые государства. Даже великая Древняя Греция стала захолустьем. И только настоящие чувства неподвластны энтропии.

В комнату вошла Габриэла. Ирина молчала.
— Ты плачешь? — спросил Павел.
— Нет. Мне неудобно говорить.

Павел прервал связь.

В трубке забились короткие гудки. Ирина держала трубку у лица. Слушала гудки. Они были похожи на биение сердца — его и ее. Один ритм. Одинаковое наполнение. Общая музыка.

искусственный пруд

Мой дом стоял возле искусственного пруда. Зимой вокруг него пролегала накатанная лыжня, летом — заасфальтированная прогулочная тропа. Очень удобно.

Дом, в котором я живу, — типовая, блочная башня. На Западе такие дома строят для арабской нищеты, а у нас для творческой интеллигенции. Свою квартиру я получила от киностудии «Мосфильм». В нашем доме живет много знаменитостей.

По другую сторону пруда разбросаны двухэтажные оштукатуренные коттеджи, как в Цюрихе. Здесь живут иностранцы, приехавшие работать в Россию. Городские власти сдают эти коттеджи в аренду.

Перед коттеджами стоят западные машины — длинные и сверкающие. Перед моим домом — отечественные «Лады», консервные банки из Тольятти. Разница бросается в глаза.

Вокруг пруда гуляют иностранные детишки с мамами, те и другие легко одеты: яркие курточки, шарфы. Наши дети, как правило, закутаны, мамаши в тяжелых шубах — двигаются, как пингвины.

Вокруг пруда образовался кусочек Европы.

В один прекрасный зимний день я решила пробежаться на лыжах, подвигаться и подышать чистым морозным воздухом.

Я вышла к пруду, надела пластиковые лыжи, оперлась на палки и — залюбовалась. Снег искрил, дети рассыпались, как разноцветные горошины. Небо синее, солнце желтое — все краски яркие и радостные, ничего серого и темного, кроме стайки бездомных собак. Собаки стояли и совещались: где реальнее достать еду, у своих или у иностранцев. Свои беднее, иностранцы жаднее.

Вокруг пруда летела на лыжах молодая женщина в розовом комбинезоне — стройная и стремительная, буквально фея Сирени. Ее светлые волосы летели за ней, опадали на спину и снова взлетали.

Она шла спортивным широким шагом, проезжая на одной ноге, потом на другой. Ноги — длинные, шея высокая, движение плавное — красота.

Кто это может быть? Жена богатого иностранца, модель журнала «Вог»... Живут же люди. Все у них красиво: лицо и одежда. А душу и мысли никто не видит. Моя жизнь не столь гламурная, однако лыжи у меня тоже хорошие и волосы неплохие, но они под шапкой. Их не видно. А то, что видно: лицо и фигура — вряд ли заинтересует журнал «Вог». Но к внешности своей я привыкла. Каждый человек сам себе красивый. Каждый сам себе звезда.

Я оттолкнулась палками и пошла спортивным шагом, подражая фее Сирени, но переоценила свои спортивные возможности и грохнулась на мягкий снег.

Грохнуться у меня получилось, а вот подняться... Я стала перебирать ногами, как жук, упавший на спину. И вдруг увидела над собой собачьи морды. Шесть морд. Немало.

Бездомные голодные собаки — они немножко волки. Сейчас перекусят горло — и привет.

Я стала махать палками. Собаки отдалялись ненадолго и снова зависали надо мной. Это становилось по-настоящему опасно. Люди сновали мимо, не вмешиваясь. Я осталась одна против своры собак, при этом — лежачая. Удобный доступ к горлу.

Меня охватил настоящий страх, стало холодно под ложечкой. Я поняла: страх живет именно там, в солнечном сплетении. И вдруг я увидела над своим лицом прекрасный лик феи Сирени и услышала ее вопли на польском языке. Она разгоняла собак палками, ногами и угрожающим криком. Она ничего и никого не боялась.

Собаки почуяли в ней более сильного вожака и неохотно подчинились. Разбежались в разные стороны.

Фея протянула мне свою руку, помогла встать. Отряхнула от снега. Заботилась, как близкий человек, как старшая, хотя мы были примерно ровесницы. Скажем так, за тридцать.

Мы пошли рядом.

— Я Ханна, — сказала фея. — А ты кто?

— Виктория, — обозначилась я.

Ханна вырвалась вперед и помчалась своим роскошным спортивным шагом. Я волоклась, как умела. Расстояние между нами увеличивалось, но я все равно чувствовала, что я не одна, а в компании. И не с кем попало, а с бесстрашной красавицей.

Ханна пробежала несколько кругов и, видимо, устала. Снизила темп. Мы пошли рядом. Она спросила:

— Ты кто, вообще?

— В каком смысле?

— Где ты работаешь?

— Книги пишу.

— Про что?

— Про людей.

— А какая у тебя фамилия?

Я назвалась. Ханна остановилась резко, как будто ее толкнули в грудь.

— О! Я учу русский язык по твоей книге. Очень удобно. Короткие предложения. Все понятно, как для дураков. А у Льва Толстого одно предложение — семь строчек. Пока до конца дойдешь, забываешь, что было в начале. Очень тяжело.

«Как для дураков» — комплимент сомнительный. Но тот факт, что иностранцы учат по мне русский язык, — скорее приятно, чем наоборот.

— Хочешь, зайдем ко мне, — пригласила Ханна. — Кофе выпьем.

Она читала мои книги, а это значит — читала мою душу. И значит, мы знакомы. Если бы я вдруг встретила Чехова, я тоже позвала бы его пить кофе и смотрела бы на него с обожанием.

— А я не помешаю? — проверила я.

— Муж на работе, дети в школе, — успокоила Ханна. — Я одна.

Мы сняли лыжи и отправились в коттедж.

Это было двухэтажное жилище с круглой лестницей. На первом этаже большая кухня-столовая с круглым столом, окна от пола до потолка. За окном — круглый пруд, снег, небо, солнце.

Я сидела и буквально ощущала запах роскоши и богатства, которые человек получает взамен больших денег. В сравнении с моей квартирой... А впрочем, лучше не сравнивать. Мы все тогда жили хорошо, потому что не замечали, как тускло живем. И даже климат у нас — тусклый и серый.

На буфете стояли красивые рамки с фотографиями.

— Это мои дети, — с гордостью сказала Ханна и протянула мне фотографии двух мальчиков-подростков. Примерно восемь и двенадцать лет. Старший был похож на Ханну, но при этом некрасивый. Так бывает. А младший — законченный красавец. Принц.

Здесь же на буфете стоял портрет мужа Ханны с пивной кружкой в руке. Седовласый, немножко немолодой, за пятьдесят, очень приятный.

— Гюнтер, — обозначила Ханна.

— Ты давно замужем?

— Пятнадцать лет.

— А что ты закончила? Какое у тебя образование?

— Никакого. Я была фотомодель. У меня было очень много поклонников.

— А почему ты выбрала Гюнтера?

— Я решила: пусть будет… — неопределенно ответила Ханна.

Богатый, догадалась я. Скучный, богатый, возрастной. Зато никаких проблем, кроме одной: любовь. Но любовь проходит во всех случаях. А деньги остаются.

Гюнтер являлся не то владельцем, не то менеджером крупной немецкой фармацевтической компании. Ему принадлежал 51 % акций.

Мы с Ханной пили кофе и беседовали. Говорила в основном она. Монологировала. Видимо, ей не хватало общения. А может быть, она хотела исповедаться передо мной, поскольку я писатель. А писатель, как известно, учитель жизни.

Я — никакой не учитель. Я и сама не понимаю: что такое хорошо и что такое плохо. Иногда мне кажется, что в жизни все перемешано и отделять одно от другого не имеет смысла.

Ханна поделилась своим несчастьем: год назад ее старший мальчик заболел страшной болезнью крови. Она схватила ребенка и уехала с ним в Германию, в лучшую клинику.

Врач по фамилии Рашке назначил облучение в такой дозе, которая и сама способна искалечить. Буквально Хиросима. Мальчик принял эту оглушительную дозу. А потом выяснилось, что Рашке ошибся с диагнозом.

— Не рак? — с надеждой выкрикнула я.

— Рак, рак... Но другой. Другая форма, излечимая. Здесь, в Союзе, ее тоже хорошо лечат.

— Ужас... — сказала я.

— Да... Я до сих пор не понимаю, как Рашке мог ошибиться. Лучшая клиника...

— А этот Рашке хороший врач? — усомнилась я.

— Да. Хороший. Красивый. Он в меня влюбился. Он все для меня делал.

— Перестарался, — предположила я.

— Да. Я тоже так думаю. Если бы он не влюбился, был бы более осторожен.

— А ты влюбилась?

— Ужасно влюбилась. Он был для меня как бог. Все в его руках. И как мужчина... Очень большой мужчина.

Ханна мечтательно покачала головой.

Я поняла: «большой мужчина» — это не размер, а статус. То же самое, что «большой художник».

Ханна встала и принесла бутылку вина, сделанного из изюма. Я первый раз в жизни пила такое вино — сухое и слегка сладкое, очень ароматное.

— Ты любишь любовь? — спросила Ханна.

— Я мужу не изменяю.

— Почему? — Ханна удивленно подняла брови.

— Хлопотно очень. И врать не люблю.

— Я не про измену, а про любовь.

— К мужу? — уточнила я.

— Да при чем тут муж? Муж — это работа.

— Тогда я не понимаю.

— Я вижу, что ты в этом ничего не понимаешь. Я обожаю, когда меня любят и я люблю. Это совершенно особое состояние: кровь горит, ноги летят, хочется жить...

— Вот и люби мужа. Никуда не надо бегать, торопиться, опасаться...

— О чем ты говоришь? Муж — это родственник. Это кошелек. Это отец. А любовь — совсем другое. Когда я люблю — я живу. А без любви меня нет.

— А как сейчас твой мальчик?
— Мы его лечим от облучения. Все остальное в порядке.
— Слава богу...
— Да. Мы справимся. Но он отстает, конечно.
— А Рашке существует?
— Почти нет. У меня сейчас Сережа.
— Кто это?
— Это мужчина моей жизни.
— А где ты его взяла?
— Тебе интересно?
— Еще бы...

Если не иметь самой, то хотя бы послушать.

Ханна стала рассказывать. История — типичная для того времени. Ханна решила заняться бизнесом, зарабатывать сама, независимо от мужа. Это очень сексуально — зарабатывать самой. Ханна любила деньги всей душой. На первом месте — деньги, на втором — любовь, а на третьем все остальное.

Ханна решила открыть в России сеть магазинчиков секонд-хенд — продавать всякий немецкий хлам. В Германии она все скупала на килограммы и за копейки. Здесь, в Москве, это проходило через чистку и глажку, а потом продавалось поштучно и за хорошие деньги. Прибыль — пятьсот процентов. Даже муж удивился и одобрил бизнес.

Ханна открыла сеть магазинов в Москве и Петербурге. А потом решила освоить Липецк и Ижевск.

Сережу она встретила в Ижевске. Он состоял в охранной фирме, крышевал магазины, и не только.

По некоторым приметам я догадалась, что Сережа был бандит. Ханна думала, что он — спортсмен. Одно не противоречит другому.

Короче, она встретила его на своих коммерческих путях. Это был молодой, красивый, накачанный, молчаливый, сдержанный блондин, похожий на поляка. Ее сексуальный тип. Ханна обожала молодых и красивых, просто они ей не попадались. В молодости встречались, конечно, но молодые и красивые, как правило, бедные. Что делать бедной с бедным? А сейчас она сама богата и знатна и может позволить себе то, что ей нравится, а именно — двадцатипятилетнего Сережу.

Ханна втюрилась в Сережу с первого взгляда и не скрывала своего интереса. А Сережа просто остолбенел при виде Ханны. У них в Ижевске таких не бывает. Только в кино, и то не в наших фильмах, а в иностранных. Голливуд. Он никогда не посмел бы посягнуть на такую звезду, но Ханна первая проявила инициативу.

Сережа смущался, как девушка. Ханна сама расстегнула на нем ремень. О! Как красиво он носил ремень — большая пряжка на плоском животе. Его руки смелые, губы сладкие, пенис красивый, как ракета, устремленная в небо.

— А ты что, пенис рассматривала? — удивилась я.

— Если красиво, то почему нет? — в свою очередь удивилась Ханна. — Все, что создал Бог, красиво и разумно.

Первый раз получился немножко скомканным, Сережа стеснялся, но зато потом... Приключения! Что было потом... Они любили друг друга, как боги на Олимпе.

— А разве боги на Олимпе этим занимаются? — спросила я.

— Они только этим и занимаются, — заверила Ханна.

Я пожала плечами. Мне казалось, у богов есть дела поважнее. Ханна была убеждена, что важнее любви нет ничего.

Ханна погрузилась в воспоминания и замолчала.

— Чем все кончилось? — спросила я.

— Беременностью, — просто сказала Ханна.

— Ты сделала аборт?

— Нет. Зачем? Я буду рожать. Пусть будет еще один ребенок. Запасной.

— А муж знает, что ты беременна?

— Нет. Я не сказала.

— Скажи, пусть думает, что от него.

— Мы уже три года не спим... Я ничего не скажу.

— Но он увидит.

— Наверное. Месяца через три увидит.

— И что тогда?
— Откуда я знаю? Буду решать проблемы по мере их поступления.
— Ничего себе... — поразилась я.

Человек живет как хочет. Делает что хочет. Я бы не посмела. Что дает ей такую свободу? Может быть, красота? Красота — это ценность. Бриллиант. А бриллиант каждый хочет схватить и зажать в кулаке. Она не боится одиночества.

— Ты наблюдаешься у врача? — спросила я.
— Нет. Здесь у нас ведомственная поликлиника. Я не хочу, чтобы это стало известно.
— Я могу дать тебе хорошего врача.
— Хороший? — уточнила Ханна.
— Лучший в Москве. Суперэкстракласс.
— Ты съездишь со мной?

В глазах Ханны стояла мольба.

Я согласилась поехать вместе с ней, чтобы она не плутала по улицам и коридорам.

С работы вернулся муж.

Ханна радостно взметнулась, подлетела к нему, обняла тонкими руками. Муж ласково похлопал ее по спине — теплый, приветливый, значительный.

Я смотрела на них во все глаза и не могла совместить услышанное с увиденным. Внешне все выглядело дружно, крепко и респектабельно. Я торопливо попрощалась и покинула дом Ханны.

Лыжи надевать не стала. Шагала с лыжами на плече. Неподалеку от моего дома стояли знакомые собаки. Они не обратили на меня никакого внимания. Наверное, не узнали.

Через неделю мы с Ханной созвонились и отправились к моему врачу на ее машине.

Ханна была неотразима, вся в светлом, несмотря на зиму. Бело-розовая, благоуханная, как ветка сакуры. Возле нее было торжественно-приятно находиться. Я испытывала гордость, хотя чего бы, спрашивается.

Мы болтали, вернее, Ханна. Я только слушала. Тема была одна: Сережа. Ханна созналась: они с Сережей ездили в Польшу. Ханна познакомила его со своей мамой. Мама подслеповата и красоты Сережи не разглядела. Ее больше интересовали внуки, существующие дети Ханны.

Ханна не теряла времени даром и прикупила в Варшаве квартиру — большую, в хорошем районе. Сережа вложился, дал сто тысяч долларов. Эта квартира планировалась как их общее семейное гнездо, тем более что ожидался общий ребенок.

— Ты выйдешь за него замуж? — изумилась я.
— А почему нет?
— У тебя прекрасные отношения с мужем...
— Я с этим мужем не сплю уже три года. Не хочу. И он не хочет. У нас спальные места в разных комнатах. Я так и буду жить? Мне

только тридцать восемь лет. Я что, зашью себе пирожок суровой ниткой?

— А твои мальчики?

— А я? Моя жизнь не считается? Моя молодость и красота уйдут, как дым в трубу?

— Но этот Сережа моложе тебя на тринадцать лет. Он тебя бросит.

— Таких, как я, не бросают.

— Ну, смотри... — предупредила я.

Ханна не боялась перевернуть всю свою жизнь вверх дном. Дети пострадают, с кем бы они ни остались. Больной мальчик получит вдобавок психологическую нагрузку. Я бы на такое не пошла.

С другой стороны: новый ребенок, молодой красавец с плоским животом и красивым пенисом, жизнь на своей родине, в Польше. Можно говорить на своем языке, не надо учить русский. А главное, каждый день ждать вечера, чтобы вечером нырять в океан счастья... Пусть даже он бросит ее через десять лет, но ведь это — три тысячи шестьсот дней...

Мы беседовали, размышляли вслух и пропустили поворот. Пришлось возвращаться, разворачиваться. И все кончилось тем, что мы опоздали на сорок минут.

Врач занял наше время другими больными и, когда мы нарисовались в дверях его кабинета, попросил выйти и подождать.

Мы с Ханной сели в узком коридоре на казенные кресла, обтянутые дерматином. По коридору сновали сотрудники — в основном женщины — и больные — тоже в основном женщины.

Ханна развалилась в кресле, как на даче, вытянула ноги до середины коридора. Приходилось обходить эти ноги. Некоторые переступали через них, как через препятствие. Никто не решался сделать Ханне замечание. Робели. Слишком она была другая, как диковинная заморская птица среди одинаковых ворон. В ее позе был вызов.

— Убери ноги, — приказала я.
— Почему? — не поняла Ханна.

Похоже, она была не в состоянии думать ни о ком, кроме себя.

Мимо нас проходили молодые врачихи в белых халатах. Из-под халата выглядывали юбки — черные и серые. Тусклые ткани, неинтересные прически. Но эти женщины защитили дипломы, может быть, защитили диссертации. Они много знали и помогали людям. Их деятельность была богоугодна.

А что Ханна? Жена богатого немца, который ее не хочет, любовница молодого бандита — большая заслуга. А сидит, как Клеопатра Египетская, которая владеет всем миром.

— Тебя в детстве кто-нибудь воспитывал? — спросила я.
— Никто, — легко созналась Ханна. — Мама пила. Меня воспитывала Крахмальная улица. А что?

— Ничего, — сказала я. — Просто вопрос.

Нас позвали. Мы вошли в кабинет.

Врач Леня, молодой и толстый, похожий на моржа, посмотрел на часы и сказал:

— У меня через пятнадцать минут конференция.

— Мы успеем, — заверила я.

Леня увел Ханну в смотровой кабинет. Они вернулись через десять минут.

— Беременность двенадцать недель, — сказал Леня. — Паховые железы увеличены.

— Что это значит? — насторожилась Ханна.

— Это значит, что вам надо обследоваться. В организме бродит инфекция. Надо понять: какая именно.

— А если инфекцию не найдут? — поинтересовалась Ханна.

— Тогда придется сделать аборт.

— Что за глупости... — заметила Ханна.

Леня ей не нравился. Во-первых, он не обратил никакого внимания на ее красоту. Стоял, как педераст. Ноль интереса. Во-вторых, она только что показала ему свои драгоценные гениталии, пахнущие французским парфюмом, а он увидел какие-то паховые железы. Можно подумать, к нему каждый день приходят фотомодели класса «А».

Леня действительно торопился. Он ненавидел опоздания, и, если бы не моя рекомендация, он отшил бы Ханну в одну секунду. Для него все гениталии равны.

— Мы подумаем, — сказала я, вставая.

Ханна достала конверт, в который был вложен гонорар, и неуверенно протянула врачу, с надеждой, что он откажется. Но Леня не отказался. Он дернул конверт из ее рук и бросил в верхний ящик стола. Торопился.

Всю обратную дорогу Ханна была бледна и молчалива. Я думала, она переживает возможную инфекцию и ее последствия. Но я ошиблась. Ханна переживала утрату ста долларов, которые она вложила в конверт. Она была уверена, что врач очаруется ею, как богиней, и откажется от гонорара. Кто же берет деньги у богини... Но Леня возненавидел ее еще раньше, чем увидел. Его время — деньги. И опаздывать — значит залезать в его карман.

— Какой противный, — заключила Ханна. — Я не буду у него рожать. Я пойду в правительственную клинику. Я могу рожать где угодно, хоть в самом Кремле.

— Твое дело, — заметила я.

Я потратила на нее полдня. Договаривалась, ехала, и что в результате? Хоть бы спасибо сказала. Она считает, что все ей должны за ее красоту.

Ханна притормозила машину возле универмага «Москва».

Мы поднялись на третий этаж в отдел женской одежды. Ханна выбрала себе летнее платье: сочетание джинсовой ткани с кружевами и вышивкой.

— У тебя есть деньги? — легко спросила Ханна. — Дай мне сто долларов. Мы сейчас вернемся, я тебе отдам.

Я вытащила из сумки деньги, отдала Ханне. Было бы обидно не купить это платье.

Ханна ушла в примерочную. Вышла в платье. Я залюбовалась ее новым образом: барышня-крестьянка. Подумала, действительно Леня — козел. Красоту надо поощрять хотя бы словом, хотя бы взглядом. Красота вряд ли спасет мир, но настроение поднимет. Мечту разбудит. Добавит радости в серое болото жизни.

Ханна подвезла меня к моему дому. Остановила машину против подъезда.

— Ты хотела отдать мне деньги, — напомнила я.

— Деньги у мужа. Он на работе. Я тебе завтра отдам.

Я удивилась в глубине души, но промолчала.

Прошла неделя. И две. Ханна денег не возвратила, возможно, забыла. Может быть, для нее это такая мелочь, о которой не стоит помнить. А скорее всего, она меня просто кинула.

Почему она так поступила? Какие причины? И вдруг причина раскрылась сама собой: отсутствие образования и воспитания. Привычка выживать. Ханна давно уже богата, но привычка выживать любой ценой осталась с детства. Ханна — из низов. Она жила себе на Крахмальной улице среди бедноты и босоты. Без отца, с одной пьющей матерью. Выживала. И вот выросла в красивый цветок.

Красота — это капитал. Его надо правильно вложить. Вложила. Вышла замуж за богатого немца. Теперь она купается в деньгах и нарядах, но это все та же Ханна, ушлая и беспардонная. А ее вытянутые ноги — не что иное, как реванш за унижения в детстве. Раньше она переступала через чьи-то ноги, теперь пусть переступают через ее. Отсюда же любовь к Сереже, он тоже из низов, свой. Отсюда же охлаждение мужа. У Ханны красивая форма, но содержание страдает. Одну только форму долго любить невозможно. К красоте привыкаешь и не замечаешь в конце концов.

Ханна проявилась через месяц, нарисовалась у меня на пороге с цветком в горшке. Я поняла, что это вместо денег.

Я изобразила радость. Мне проще притвориться, чем выяснять отношения. К тому же Ханна мне нравилась. Вот нравилась, и все. Было в ней что-то рисковое, отвязное, шикарное, чего не было во мне. Я — человек робкий, всего стесняюсь. Мне постоянно неудобно. А Ханне удобно все: забеременеть от другого, и носить, и родить в конце концов. Может быть, в этом есть смелость, самостоятельность и в результате — выигрыш... Не знаю.

Мы прошли на кухню. Я усадила Ханну за стол. Поставила сковороду с жареной картошкой. Ханна стала есть, и по тому, как она ела, я еще раз убедилась: Крахмальная, Крахмальная... Ханна жевала с раскрытым ртом и дирижировала себе вилкой. Воспитанные люди так не едят.

Я тоже стала есть прямо со сковороды. Мне было весело, как будто катишься на санках с крутой горы. Дух захватывает. Ханна нравилась мне за то, что она другая, чем я. В сравнении с ней я была пресная, как бессолевая диета.

Ханна поела и ушла.

Муж сидел в кресле и читал газету.

— Красивая? — спросила я у мужа.

— Наверное, — ответил муж.

Он не разглядывал Ханну. Моего мужа не интересовало то, что проистекало за границами его жизни. Предположим, Ханна красивая, но это не его Ханна. Зачем на нее смотреть?

В психиатрии есть термин: равнодушие до высокомерия. Мой муж был глубоко равнодушен к чужой жизни. Я подозревала, что и к своей жизни он тоже равнодушен. Может быть, это — форма защиты.

Настало лето.

Я уехала в Германию по приглашению крупного издательства.

Собирались залы, приглашалась актриса, которая читала мой рассказ по-немецки. Публика слушала и внимала с трогательным интересом, хотя жизнь моих героев происходила далеко за пределами их жизни.

У немцев присутствовал большой интерес ко всему русскому. Может быть, им хотелось поближе рассмотреть своих победителей и их потомков.

Я неплохо зарабатывала и моталась по магазинам в поисках нарядов. На Западе есть все, но того, что тебе надо, — нет. Может, где-то и висит, но поди знай — где именно.

Я избегала черного цвета. Мне хотелось что-то персиковое, как у Ханны, но в результате я купила именно черное с красным верхом. Смерть коммуниста.

Я устала как собака и хотела домой. Я не могу находиться вне дома больше десяти дней. Устаю от праздности. Хочу работать. Хочу за свой письменный стол. Без работы я впадаю в депрессию. Моя работа меня уравновешивает.

Я вернулась в Москву в середине лета. Обычно в это время открывается Московский кинофестиваль, который я посещаю.

Кино быстро стареет и быстро развивается. Хочется знать новые имена и новые направления.

Фестиваль проходил в кинотеатре «Россия».

Перед началом сеанса в фойе я увидела итальянскую звезду Софи Лорен. В ее руках была большая бутылка с минеральной водой. Я поняла: пьет воду, промывает организм, чтобы сохранить здоровье и красоту.

Вокруг нее клубились журналисты со своими вопросами.

— Кого вы больше всего любите? — спросила молодая журналистка.

— Детей, — ответила звезда по-итальянски.

— А вы хотели бы еще родить?

Идиотский вопрос. Это только библейская Сарра могла родить Аврааму в девяносто лет. Софи Лорен было, конечно, не девяносто, но шестьдесят с хвостом — наверняка.

— А почему бы и нет? — ответила звезда.

Фактор возраста игнорировался.

Вокруг звезды клубились устроители фестиваля, улыбались заискивающе. Софи Лорен не отвечала на улыбки, смотрела над головами. Она казалась выше всех ростом плюс звезда. А у звезд иные горизонты.

Ко мне охотно приблизился Савелий Крамаров. Все-таки я — сценарист, а сценаристы — полезные люди.

— Как вы живете? — угодливо спросил Савелий.

— У меня выходит книга, запущен фильм, — похвасталась я.

— Вы мне говорите, как вы работаете. А я вас спрашиваю, как вы живете, — заметил Савелий.

Я вытаращила глаза. Они стали круглые, как колеса. Я не видела противоречия между вопросом и ответом. Для меня работа — это и есть жизнь. А иначе — в чем жизнь?

Савелий в свою очередь не понимал: что мне непонятно? Мы стояли и тупо смотрели друг на друга.

Я не видела Ханну полгода.

Мне захотелось позвонить ей, услышать ее, увидеть и подарить свою новую книгу на немецком языке. У немцев изумительные обложки в ярком блестящем супере, как леденец. Хочется лизнуть.

Ханна сняла трубку. Я не узнала ее голоса.

— Это Ханна? — переспросила я.

— О! О!

Послышался стон и рыдания.

Да, это была Ханна. Страдающая Ханна. Такой я ее не знала.

— Что случилось? — испугалась я.

Ханна рыдала.

— Хочешь, я к тебе приду?

— Домой — нет...

— Хочешь, встретимся возле пруда?

— Да, да...

— Я пойду к тебе по часовой стрелке! — крикнула я. — Выходи навстречу.

Пруд круглый, мы могли идти друг за дружкой и никогда не встретиться. Но если я пойду по часовой стрелке, а она против, мы обязательно столкнемся.

Ханна никуда не двигалась, стояла напротив своего дома. От ее красоты ничего не осталось. Волосы потемнели без краски, гладко зачесаны, собраны в хвостик. Глаза не накрашены, ресницы светлые, как у поросенка. На ней темный спортивный костюм — никакой, и вся она никакая, безликая. Пройдешь мимо — не обратишь внимания.

А где же прежняя победная Ханна? Где ее живот, в конце концов? Ведь должен быть беременный живот...

— Ты родила? — спросила я.

— Да. Ребенок умер. Мальчик.

— Почему? — обомлела я.

— Инфекция села ему на печень. Печень была величиной с кулак.

— Значит, инфекция была...

— Да, — подтвердила Ханна. — Бледная спирохета.

— А что это?

— Возбудитель сифилиса. Меня Сережа заразил. Я не знала.

— Надо было все-таки слушать врача, — вспомнила я.

Мы замолчали. Как-то все было жестоко и очень жаль. Непереносимо.

Вдоль пешеходной тропы стояли лавочки. Мы сели на свободную. Я не задавала вопросов, но Ханна сама стала рассказывать. Ей хотелось облегчить душу.

История такова: Ханна должна была родить в августе, но в июне, на седьмом месяце, вдруг начались преждевременные роды. Муж оставался в неведении, Ханна ничего ему не сказала. Она вскочила в машину и поехала в Кремлевскую больницу, к которой была прикреплена. В больнице ее приняли и прежде всего взяли кровь из вены. Такой порядок. Анализ показал наличие сифилиса. Ханну тут же переправили в другую специализированную больницу, где рожают инфицированные больные, в основном проститутки и бомжихи. Никто не смотрел на красоту Ханны, на ее персиковые одежды и апломб. Вымели каленой метлой из приличного учреждения и опустили на самое дно.

— Если бы ты видела этот роддом... — Ханна покачала головой. — Там одна проститутка рожала в ведро.

— Почему? — удивилась я.

— Не знаю. Может быть, сумасшедшая...

— Но врачи-то не сумасшедшие.

...Не было мест. Ханну бросили в коридоре. Ребенок не шел. Он умер. Пришлось доставать его ручным способом.

— Как это? — спросила я.

— Лучше тебе не знать. Врач засунул в меня руку по локоть, будто я корова. Я и мычала, как корова.

Ханна зарыдала. Я не утешала. Ждала. Пусть горе и боль выплеснутся из нее.

На другой день Ханна позвонила мужу, сказала адрес. Попросила принести зубную щетку, халат и какой-нибудь еды.

Халат в больнице был, но она боялась к нему прикоснуться.

Ханна бродила по коридору среди сифилитичек и проституток и ничем от них не отличалась. Равная среди равных. Как в аду.

Муж приехал. Все увидел. Все понял. Ни слова не сказал.

Лечащий врач сообщил о смерти ребенка, принес свои соболезнования. Гюнтер попросил для Ханны отдельную палату, дал деньги.

Ханну задержали. Следовало пролечить сифилис. Сейчас это несложно, не то что в девятнадцатом веке, когда из-за сифилиса стрелялись.

Ханну вылечили и выпустили. И вот она дома. Все.

— С мужем был разговор? — спросила я.
— Нет. Он молчит. А что тут скажешь?
— И ты молчишь?
— И я молчу.
— А Сережа знает?

— Сережа звонил.

Ханна замолчала.

— И что? — подтолкнула я.

— Сказал, чтобы я вернула ему сто тысяч долларов, которые он мне одолжил.

— Ужас... — отреагировала я.

— Я сказала, что у него сифилис, что он меня заразил и убил тем самым нашего ребенка.

— А он?

— Он выслушал, никак не отреагировал, просто принял к сведению. Спросил: когда я верну ему деньги? Я сказала: никогда. Это его плата за моральный и физический ущерб.

— А он?

— Он сказал, что за такие деньги убивают.

— Ты не боишься?

— Боюсь.

— Он бандит. Отдай ему деньги и забудь.

Ханна усмехнулась. Я поняла: ее жадность выше здравого смысла. Она не в состоянии расстаться со ста долларами, а тут сто тысяч. Не отдаст ни за что.

Но что же дальше? Сережа действительно бандит, прихватит ружье с оптическим прицелом и явится в Москву. Подойти к окну Ханны — пара пустяков. Вот искусственный пруд — доступ свободный. Вот кованая решетка вокруг коттеджей, перемахнуть молодому спортивному парню — ничего не стоит. Вот окна Ханны на первом этаже, а за окном — кухня, обеденный стол, дети, муж. Тот факт, что они с Ханной обнимались, как боги на Олимпе, его не остановит. У бандитов — своя мораль. Любовь — это химия. А деньги — реальность.

— Я сказала домработнице, чтобы она меня не подзывала к телефону, если будет звонить мужик.

— Ужас... — отозвалась я.

— А для меня не ужас? Я потеряла ребенка. Я чуть не умерла. А ему, значит, ничего? Пусть тоже поучаствует, хотя бы деньгами.

— Но он тебе эти сто тысяч подарил? Или дал в долг? — уточнила я.

— Какая разница... — отмахнулась Ханна. — Были у него, стали у меня.

— Понятно...

Ханна — красивая хищница, кошка, рысь. Мягко ступает и охотится. Но случается — и ей обдирают бока. Закон джунглей.

Стемнело. Стало холодно. Мы разошлись.

— Ты мне пока не звони, — попросила Ханна. — Я сама тебе позвоню.

— Хорошо, — согласилась я.

Я поняла: Ханна собралась залечь на дно, как подводная лодка, чтоб невозможно было запеленговать. На кону стояла ее жизнь.

Я шла домой и думала: почему так дорого приходится платить за любовь? Почему одни платят, а другие нет?..

Ханна, если разобраться, имеет все: красоту, семью, богатство. Но этого мало. Она бежит за счастьем с протянутыми руками, хочет ухватить жар-птицу за хвост. А когда удастся схватить, оказывается, что жар-птица — это всего лишь раскрашенный индюк. Индюк, и больше ничего.

Прошел месяц.

Ханна позвонила и пригласила меня в Большой театр. Билеты достал ее муж. Простым смертным Большой был недоступен.

Ханна заехала за мной, поднялась в квартиру. Красота вернулась к ней в полном объеме и даже преумножилась. На Ханне была соломенная шляпка до бровей. Из-под шляпки на плечи стекали волосы соломенного цвета. На шее — бриллиантовая подвеска. Бриллиант величиной с крупную горошину. Ханна радостно поздоровалась с моим мужем. Он сдержанно кивнул, не отрывая глаз от газеты.

Я надела свой наряд: черное с красным — смерть коммуниста, посмотрела на себя в зеркало. Черные волосы, синие глаза — почти Элизабет Тейлор, но не в расцвете красоты, а позже, когда уже пила и потеряла товарный вид. Однако следы остались.

Мы вышли на улицу.

Машина Ханны блестела серебряной поверхностью, как НЛО. Впереди был интересный вечер, Большой театр, балет «Лебединое озеро», музыка Чайковского, лучше которой нет. Жизнь звала и обещала.

Ханна включила зажигание. Машина легко тронулась. Москва летела нам навстречу.

— Знаешь что, — задумчиво проговорила Ханна, — тебе надо искать другого мужика.

— Почему это?

— Твой муж скучный. Ни Богу свечка, ни черту кочерга.

Я догадалась. Ханну обидело его невнимание. Он должен был обомлеть от ее красоты и сверкания, а он даже не встал с кресла. Ханна этого не прощает.

— Ищи себе любовь, — продолжала Ханна. — И торопись. А то останешься САМА.

Она сделала ударение на последнем слове. Я поняла: по-польски сама — это одна. Сама с собой.

— Ты уже искала любовь, — сказала я, — и что ты нашла? Бледную спирохету.

— Так что, по-твоему, сидеть и ждать, когда прихлопнет старость?

— Люби то, что дано. И не ищи приключений на свою...

— Я живу. А ты отражаешь жизнь в своих книгах. Ты работаешь, а не живешь.

Эти слова я уже слышала.

— Мне так нравится, — сказала я. — Каждому свое.

— Так было написано на воротах в ад, — заключила Ханна. — Сейчас туда водят на экскурсии.

Ханна остановила машину. Мы подъехали к Большому театру.

Занавес поднялся. Взвыли скрипки. Сердце сжалось от любви и печали. Я посмотрела на нежный профиль Ханны, вдруг спросила тихо:

— Ты скучаешь по Сереже?

Она молчала, потом кивнула еле заметно.

Ханна любила Сережу, несмотря ни на что. Но деньги — сто тысяч долларов — она любила больше. Что же делать…

Ханна пропала. Не звонила и не появлялась. И не отвечала на звонки.

Я не поленилась и пошла к ней домой. Дверь открыла незнакомая женщина. По виду домработница.

— Простите, здесь жила семья из Германии…
— Они съехали, — сказала домработница.
— Кончился контракт? — уточнила я.
— Не знаю. Мы не спрашиваем, нам не говорят.

Я знала, что домработницы в этих коттеджах из определенных служб.

— Извините. — Я повернулась и ушла.

Что же произошло? Может быть, действительно кончился контракт. А возможно, и даже очень возможно: появился Сережа с ружьем и стал грубо шантажировать. Ханна сгребла своих детей в охапку и рванула в Германию. А может быть, и в Польшу, ведь у нее была квартира в Варшаве.

Где же ты, Ханна? Снова бежишь за счастьем по кругу, по часовой стрелке? А счастье от тебя, тоже по часовой стрелке и с той же скоростью. Будешь бежать, пока не прихлопнет старость.

Пруд ртутно поблескивал.

Пруд был искусственный, поэтому вода в нем застаивалась, как в болоте. Но в нескольких местах били природные подземные ключи, выталкивая тугие хрустально-прозрачные струи. Эта родниковая вода смешивалась с застойной, и отделять одно от другого не имело смысла.

все или ничего

Ира — это не женщина, а мужчина. Полное имя — Ираклий Аристотелевич. Фамилию Ираклия произносили редко. Ее просто невозможно было выговорить. В переводе на русский язык его фамилия звучала: виночерпий. Должно быть, какой-то предок Ираклия был виночерпий. Разливал вино во время празднеств. Веселый был человек. А может, и мрачный, кто это помнит.

Ира никогда не упоминал отца, но отец наверняка был, поскольку отчество имелось в наличии.

В те поры, о которых речь, Ира был молод, обходился без отчества. Просто Ира, и все.

Он приехал в Москву из города Сочи, чтобы поступить в Институт кинематографии на режиссерский факультет. Конкурс был большой, но Ира поступил благодаря заиканию. Его замыкало на согласной букве, лицо перекашивала мученическая гримаса, он не мог перескочить через «т» или «д». Комиссия ждала минуту, другую и в конце концов махала рукой: ладно.

Ира получил место в общежитии, но ему там не нравилось.

Из чего состояла молодая жизнь: честолюбивые мечты, романы, нищие застолья, запах жареной картошки, неутоленный аппетит. Как говорил Пушкин: «прожорливая младость».

Все вокруг пили, совокуплялись, обожали Тарковского.

Ира не пил, здоровье не позволяло. У него была повышенная кислотность.

Он был невысокий, худой, как подросток, с узкими плечами и крупной головой, которая покачивалась на тонкой шее. Его дразнили «сперматозоид» именно за большую голову с несоразмерно узким телом.

Красивыми у Иры были глаза: большие, мерцающие, карие и теплые. Однако глаза не спасали. Ира не нравился девушкам. И даже самые страшненькие, интеллектуалки с киноведческого, — даже они не обращали на Иру внимания.

Он не пил, не совокуплялся. Ему оставалась только жареная картошка и монологи об искусстве. Эти монологи никто не слушал. Ира заикался. Ни у кого не хватало терпения дождаться, пока он завершит слово. Ему помогали.

— Самое г-г-г-г… — начинал Ира.

— Говно, — подсказывали окружающие.

Ира тряс головой.

— Грубое, — помогали девушки.

— Н-нет, — отмахивался Ира. — Г-г-г-лавное...

Все облегченно вздыхали.

— Т-т-т... — продолжал Ира.

— Труд...

— Талант...

Ира тряс головой. Все уставали смотреть на его лицо, сведенное судорогой заикания, махали рукой и расходились, так и не узнав, что самое главное.

— В-в-в... — продолжал спотыкаться Ира.

— Виски, — подсказывали студенты.

— Водка...

— Вино...

Ира делал вид, что не обижался. На обиженных воду возят. Он приучил себя прощать и сглатывать обиду. Но жестокие комплексы терзали его душу. Он жаждал реванша и компенсации.

По ночам Ира не мог заснуть. Слушал стоны сладострастия. Его сосед Мишка приводил иногороднюю девушку с актерского. Они занавешивались простыней и...

Ире оставалось только слушать и завидовать. С ним не считались. Он не удивился, если бы кто-то стал мочиться на его голову.

На практике Ира стоял, как столбик. А если на нем срывали раздражение, смаргивал своими длинными, густыми ресницами. Он привык к унижению.

Иногда к Ире приезжала мама, с редким именем — Анатолия. Это была смуглая черноволосая женщина средних лет. Она привозила с собой изысканные кушанья, накрывала стол. Студенты сбегались, как голодные псы, и начинался праздник.

Утолив первый голод, ставили музыку. Ира приглашал Анатолию на танец. Студенты танцевали с девушками, а Ира с мамой. И как же она на него смотрела своими неземными очами! Было видно, что материнская любовь перехлестывает берега. Она обожествляла своего сына и не видела его некрасоты. Он казался ей принцем. И ни одна из окружающих девушек его не стоила. Ни одна. Хотя девушки с актерского факультета — самые красивые в стране и самые тщеславные. Другие просто не идут в артистки.

Ира тоже любил свою маму самозабвенно. На них было приятно смотреть. Семья важнее кино. Но не для студентов. Студенты жаждали славы и во имя славы готовы были на любые жертвы.

Анатолия проводила с сыном несколько дней, а потом уезжала восвояси. Студенты какое-то время смотрели на Иру доброжелательно, как будто видели на нем отсвет материнской любви. Но постепенно все возвращалось на круги своя.

Все равно Ира был похож на сперматозоид. Все равно его тягостно было слушать.

— С-с-с... — начинал Ира.
— Смысл, — подсказывал Мишка.

Ира удовлетворенно кивал головой. Соглашался. Потом снова начинал по новой:
— С-с-с...
— Соус, — подсказывали девчонки.
— Салат оливье...
— С-с-с... — свистел Ира.
— Самоусовершенствование! — выкрикивал Мишка.

Ира устало кивал головой.

Да, смысл жизни — самоусовершенствование. Так же считал их кумир Андрей Тарковский. Но Тарковский не заикался, хотя и грыз ногти, как говорят.

Мишка стал приводить в комнату Машу Шарапову с третьего курса. Маша — красавица в стиле Кармен, с черной лакированной головкой и пышным ярким ртом, как роза. Ира ее и раньше видел в коридорах института и буквально балдел, наблюдая издали. А тут ее привели за занавеску и обладали ею в трех метрах от Иры.

Ира съехал из общежития на съемную квартиру.

Квартира оказалась на улице Горького, на первом этаже, с окнами во двор. Весь цоколь дома был обложен красным гранитом, а дальше шел серый благородный камень. Дом — красавец. Но главное — не в этом. Главное — местонахождение. До Кремля десять минут пешком. Самый центр, центрее не бывает.

По улице Горького всегда плыл поток людей. Ира вплывал в поток, и толпа заряжала его целеустремленностью, энергией жизни. Он чувствовал прилив сил, как будто его включали в космическую розетку.

Он шел среди людей — равный среди равных, а под его ногами раскинулась центральная улица центрального города. О! Как это далеко от общежития. И Ира был другим — не заикающийся сперматозоид, а молодой мужчина с таинственным взором и блестящим будущим. Кинорежиссер — самая модная профессия по тем временам. Режиссер кино — почти глава государства, поскольку фильм — это и есть маленькое государство, со своей экономикой, своим культом личности.

К тому же из этой точки земли было близко до всего. Театры — Большой, Малый, МХАТ, не считая помельче. Телеграф — рукой подать. Лучший в городе «Елисеевский» магазин — соседний дом. В «Елисеевском» — свежевыпеченный хлеб и самые свежие колбасы. Метро — несколько станций. Рестораны: «Баку», «Националь», «Якорь» — один лучше другого.

Ира по ресторанам не ходил, конечно, но если бы захотел, то и пошел.

Единственное неудобство: до института далеко. Но институт — дело временное, — поучился да и закончил. А пока — неудобно, конечно. Но ведь надо чем-то жертвовать.

Хозяева съемной квартиры — муж и жена — жили и работали за границей. Они были резиденты. Что это значит, Ира не знал, но догадывался. Их внедрили в чужеродную среду, и они там сидели. Домой не совались.

В квартире было две комнаты. И кухня без мебели.

Ире сдали одну пустую комнату, вторая была заперта. Сдала какая-то дальняя родственница хозяев по имени Галина. Она была похожа на свое имя: вытравленные волосы, высокая и прямоугольная, как мужик. Ире казалось, что все Галины именно такие.

Галину устраивал одинокий студент без детей и без животных. Она хотела предупредить: не водить женщин, — но посмотрела на Иру и поняла, что предупреждать не надо. К нему и так никто не придет.

Плата была весьма умеренная, поскольку жилье без мебели. Видимо, резидентов не интересовали деньги. Главное, чтобы кто-то жил, платил коммунальные услуги, поддерживал видимость жилого помещения.

Ира не мог обставить кухню и комнату. Но выход был найден. На задах овощного магазина валялись пустые фанерные ящики из-под апельсинов. Ира приволок несколько ящиков, поставил один на другой. Сложил туда кухонную утварь: тарелки, вилки, кастрюли. Еще два ящика служили для крупы и макарон. Три ящика — вместо табуреток. А стол был настоящий, принесенный с помойки. Кто-то выбросил, Ира подобрал. Стол — конца девятнадцатого века, красного дерева. Антиквариат не ценили, выбрасывали на помойку.

Этот стол был письменным, обеденным и журнальным одновременно.

Спал Ира на ватном матрасе, положенном на пол. Жестко, зато полезно. Матрас был новый, простеганный. Белье — неизменно белое, в голубой цветок. Покрывалом служила бордовая плюшевая скатерть с кистями. Скатерть привезла Анатолия.

Жилище Иры было пустоватым, но зато он пребывал в нем один. Что хотел, то и делал. Его никто не унижал, не задавал глупых вопросов. А главное: на них не надо было отвечать, заикаясь и спотыкаясь на каждой согласной.

Никто не разводил грязь на плите. Ира был чистоплотный человек, даже преувеличенно чистоплотный. У него всегда были выстиранные тряпочки — каждая для своего назначения. Одна для посуды, другая для плиты. Никаких затеков на плите и раковине. Он физически не переносил бытовую грязь.

Ира обожал, когда у него спрашивали адрес. Он подбирался, все внутренности ликовали. Ира пытался усмирить это ликование, сдержанно отвечал: улица Горького, дом 12, квартира 8.

— Вы живете на улице Горького? — удивлялись те, кто спрашивал.

— Д-да... А ч-что? — невинно спрашивал Ира.

— Да нет. Ничего. Просто самый центр. Здорово.

Ира снисходительно молчал. Местоположение как бы возносило его над окружающими. Это превосходство было необходимо Ире. Оно его уравновешивало.

Улица Горького подбрасывала козыри в его колоду, и такими картами уже можно было играть и даже рассчитывать на выигрыш.

В институте началась практика. Ира попал на съемки большого исторического фильма. Приходилось сидеть в Ленинской библиотеке, добывать необходимые сведения о быте, об утвари, одежде тех времен.

Ира был тщательный человек. Он не переносил никакой приблизительности. Если ему что-то поручали — были уверены: перепроверять не надо.

В ту пору, 60–70-е годы, режиссер — самая модная профессия: призы и провалы, аплодисменты и свистки, вершины и пропасти. Кино — это бурная река, текущая с горы. А остальная жизнь — стоячее болото, в котором люди застаивались и тонули.

Сегодня режиссерская профессия перестала быть модной. Сегодня модно быть нефтяником и политиком, то есть находиться возле больших денег.

Сегодня деньги — это главные козыри. А тогда...

От перспективы стать режиссером Ира становился выше, шире в плечах. И уже он командовал людьми, а не они им.

Недаром его фамилия в переводе на русский язык значила «виночерпий».

Ира видел себя виночерпием, разливающим по бокалам жизненные блага. А к нему — целая очередь страждущих, и все от него зависят. Особенно женщины. К ним Ира особенно строг. Надо очень постараться, чтобы заслужить его любовь.

Режиссер-постановщик, живущий в Москве на улице Горького, — вот программа-минимум, и она же максимум.

Ира исправно платил за квартиру и больше всего боялся, что хозяева вернутся и ему придется переезжать из центра в какое-нибудь Бибирево или Братеево.

Но однажды Галина явилась за очередной квартплатой и объявила ошеломляющую весть: квартира продается. Хозяева не вернутся никогда. Они так внедрились в чужую страну, что уже не хотят другой жизни. Галине поручено квартиру продать. И если Ира хочет, то может ее купить, приобрести в собственность.

— А за с-с-с-с-с-колько? — спросил Ира, холодея.

Галина назвала цену. Таких денег у Иры не было в помине. Но лишиться квартиры — все равно что потерять все козыри в колоде и проиграть свою жизнь. А ради жизни не жаль ничего.

— Т-т-т-торг уместен? — спросил Ира.

— Какой торг? — удивилась Галина. — Почти даром.

Ира удрученно молчал. Потом проговорил:

— Х-х-х-х-хорошо, я ч-ч-ч-ч-нибудь п-п-п-п-п-придумаю...

И он придумал.

Сел к столу, взял листок бумаги, переписал всех своих знакомых и полузнакомых. Получилось пятьдесят человек. Ира разделил всю сумму на пятьдесят, получилось по две тысячи долларов на каждого. Много, но попытка не пытка, как говорят.

Ира стал обзванивать по списку. Почти все говорили одно и то же: «Ты поздно обратился, вот если бы вчера, или позавчера, или неделю назад»... Люди стеснялись выглядеть жадными, ссылались на случайность. Но попадались и такие, которые не стеснялись, говорили прямо: «Я никогда не беру в долг и не даю в долг. Деньги разрушают дружбу».

— Я от-т-т-тдам! — клялся Ира.

Некоторые верили и давали в долг. Ира набрал какую-то сумму, явно недостаточную. Пришлось подключать Анатолию и весь ее круг. Получилось еще пятьдесят человек. Но, так или иначе, деньги были собраны и заплачены. Квартира каким-то хитрым путем была оформлена на Иру. В один прекрасный день ему вручили документы. Этот день был — день победы. Но не только. С этого дня Ира превратился в профессионального должника и одолженца.

Он занимал деньги на месяц, на год, как получалось. По истечении срока ему звонили и требовали вернуть долг. Если кредитор оказывался слишком настойчивым, Ира кидался как ястреб на новую жертву, брал в долг и отдавал эти деньги скандалисту. Теперь он должен был другому человеку плюс прежние сто, вернее, девяносто девять.

С этого времени Ира перестал быть свободным. Превратился в заложника своей квартиры. Он думал только об одном: где взять деньги? Стрельнуть, одолжить, перехватить... Его прекрасные глаза приобрели загнанное выражение. Он смотрел в одну точку, а в мозгу щелкали варианты: где? У кого? Кому? Когда?

Кредиторы были разные. Одни входили в положение, другие не желали слушать. Звонили по телефону, требовали, угрожали. Ира стал бояться телефонных звонков.

А были и такие, которые наезжали. Однажды осенью Иру вывезли на берег реки. Не топили, конечно. Но перевернули вверх ногами и трясли вниз головой. Ира что-то выкрикивал из своего перевернутого положения, а они наклонялись к его лицу и переспрашивали:
— Когда?

Ира потерял сон, аппетит, все время думал: где заработать? И не мог придумать. Можно ограбить банк, но Ира не был криминальным. Он неспособен был ПРЕ-ступить. Да и ограбить не так просто.

Можно продавать наркотики, но тогда он сядет и проведет свою жизнь на нарах, а не в двухкомнатной квартире на улице Горького.

Остается одно: заработать честным трудом. Однако честным трудом много не заработаешь. «Трудом праведным не наживешь палат каменных».

В эти дни Ира появился в моем доме. Он заканчивал ВГИК и выбрал для дипломной работы мой рассказ.

Ира приехал к назначенному часу. Стал объяснять, что он хочет. Общение было затруднено, поскольку Ира заикался, но тем не менее он произвел хорошее впечатление: выразительные глаза, легкий юмор, хорошие манеры. Он красиво ел, вдумчиво слушал.

Он казался талантливым. Я всегда подозревала: в человеке заложено что-то одно. Если красивый, то бездарный. Либо некрасивый, но талантливый. В сочетание того и другого я не верила. Природа не может быть столь расточительной.

Я встречала, правда, красивых и талантливых. Но тогда это был поганый человек. А так чтобы красивый, талантливый и хороший человек — таких я не видела ни разу. (Кроме себя.)

Ира — хороший человек. Это очевидно. Была в нем скрытая ласковость, благородство, глубина. Когда мы прощались, я поразилась: какая сильная и нежная у него рука. Я почему-то подумала, что Ира, должно быть, прекрасный любовник. Эта мысль забежала мне в голову и тут же выбежала вон.

Я отдала Ире свой рассказ. И забыла об этом событии.

Мне интересно только то, над чем я работаю в данный отрезок времени. А то, что я сделала когда-то, меня не интересует, как отшумевшая любовь.

В один прекрасный день раздался звонок. Ира сообщил, что фильм с-с-с-снят и если я хочу, то могу его посмотреть.

— Не хочу, — ответила я.

— П-п-п-почему?

— Я боюсь, — созналась я. — Вдруг ты испортил. Я расстроюсь.

Я действительно боялась: Ира снял фуфло, а мне отвечать. Я могу провалиться в депрессию, и это надолго. Лучше я не буду смотреть. Во мне срабатывал инстинкт самосохранения.

Через полгода снова раздался звонок.

Я сняла трубку, в ней молчали. Я поняла, что это Ира борется с первой согласной. Так и оказалось.

Перескочив через букву «ф», Ира поведал, что ф-ф-фильм побывал на ф-ф-фестивале короткометражек в Испании и получил золотой приз и вот теперь я обязательно должна его посмотреть в Доме кино.

Я поехала и посмотрела.

Фильм действительно состоялся: смешной, грустный и глубокий. А главное — простой. Для меня это самое ценное качество: чеховская простота. Я терпеть не могу любые навороты.

После просмотра поехали к Ире на Горького.

Стульев по-прежнему не было, а стол стоял. На столе — разносолы, которые Анатолия прислала поездом.

Гости — почти вся съемочная группа — веселились от души, пили и пели. А за окном шумела улица Горького, и этот шум был престижный, необходимый и основополагающий. Как биение сердца.

Хороший был вечер. И время хорошее. Молодость. Слегка за тридцать.

Ира отправился провожать меня до метро.

В те годы существовало неписаное правило: делиться деньгами с режиссером. Отдавать 30 % от гонорара. За что? Ни за что. За то, что снял.

— Я тебе должна? — спросила я.

— К-к-к-как тебе не стыдно? — обиделся Ира. — Я даже слушать не х-х-х-хочу.

Я отметила его благородство. Другие режиссеры требовали, даже вымогали. А этот... Сидит на ящиках, стула не имеет, а совестью не торгует. Мы простились возле метро «Маяковская».

Было уже поздно, но улица Горького была полна народу и освещена, как во время праздника.

Казалось, что со стороны Красной площади сейчас вывалится разряженный карнавал, как в Бразилии.

Время шло. Ира проживал в центре Москвы, но его жизнь была омрачена долгами. Кредиторы не таяли, а нарастали. Их было уже сто двадцать. Весь талант и все воображение Ира расходовал на маневренность: от кого-то увернуться, у кого-то перезанять.

У него выработалась небрежная интонация, например:

— Ты не одолжишь мне тысчонку дней на десять?

Или:

— Дай до обеда рублей пятьсот. Я после обеда отдам.

Киношники — почти нищие. Ни тысчонки, ни пятисот ни у кого не водилось.

— У меня нет, — отвечали ему.

— А ты перехвати у кого-нибудь.

Жертва глядела в честные глаза Иры. Вздыхала и перехватывала.

Наступало «после обеда», и следующий день, и следующий месяц. На вопрос: «Где же деньги?» — Ира придумывал новую историю с новым сроком. Ему звонили в новый срок и снова получали отсрочку. При этом голос Иры крепчал раз от разу. Он не любил, когда ему надоедали. И в конце концов Ира отшивал наглеца.

— А где я тебе возьму? — грубо вопрошал он. — Рожу?

Люди реагировали по-разному. Одни просто махали рукой и говорили своим деньгам: до свидания. Не вешаться же из-за потерянной тысячи. Другие злились, обещали набить морду. Ира выжидал. И если угроза становилась реальной — расплачивался. Опять у кого-то переодалживал. Он постоянно крутился, как собака за собственным хвостом. Врал. Выкручивался. Это стало его нормой.

Помимо обиды и ненависти, вернее, наряду с ними Ира вызывал и сочувствие. Многие понимали, что бедный Ира попал в западню. Но дарить ему деньги никто не собирался. У всех, в конце концов, своя западня.

За стеной в квартире соседей выла собака. Вынимала душу.

Ира слушал, и ему казалось: собака вся в долгах и жалуется луне. Жалуется на человеческое бездушие. Душа Иры входила в резонанс с собачьей. Ему тоже хотелось выть. Он начинал тосковать, потом тоска незаметно перетекала в мечты. Ира мечтал о том, как найдет сундук с деньгами или получит большое наследство. Он раздаст долги, купит обстановку и начнет шиковать, ходить по ресторанам. Заведет себе красивую подругу. Нет… Отобьет у Мишки Машку. Она будет по утрам ходить в домашних тапочках с розой в волосах.

Однажды Ира встретил соседа на лестничной площадке и спросил:

— Почему ваша собака воет?

— Сучку хочет, — кратко ответствовал сосед.

Вот, оказывается, в чем дело. Просто до гениальности.

У Иры, между прочим, образовалась подружка из соседней булочной. Ее тоже звали Ира. Ирина. Она была молодая, беленькая, мягкая, как калорийная булочка. От нее пахло ванилью и корицей. Замечательный запах. И характер замечательный — лёгкий, незамысловатый. Никаких денег не вымогала, даже наоборот — сама приносила полный пакет свежей выпечки, тем самым помогала материально. Но не жениться же на ней. Ирина не соответствовала его амбициям. Как койка в общежитии. Его проживание — центр. Жена — звезда. Но какая звезда захочет сидеть на ящиках из-под макарон и питаться одними макаронами...

В одно прекрасное утро Ира позвонил ко мне домой. Мобильных телефонов тогда не было. Застать меня дома было трудно. Дозвониться почти невозможно. Но Ира застал и дозвонился.

— У меня к-к-к-к...
— Говори, — перебила я.
— Мы должны вс-с-с-с...
— Встретиться, — помогла я.
— Д-д-да, г-глаза в г-г-глаза.
— Говори ухо в ухо, — предложила я. — Я пойму.
— Н-н-н-н-нет.
— Я далеко живу. У тебя на дорогу уйдёт полдня. Зачем тебе терять время? Говори, я отвечу.
— Н-н-н...
— Ну приезжай, если хочешь, — согласилась я. Мне было легче согласиться, чем продолжать этот спотыкающийся диалог.

Ира прибыл через три часа. Разделся. Сел напротив и стал буровить меня своими неповторимыми глазами. Посылать сигнал, как гипнотизер.

«Денег попросит», — догадалась я.
— Д-д-д...
— Сколько? — спросила я.
— Ш-ш-ш-ш...
— Шестьдесят? — помогла я.
— Ш-шесть т-т-т-тысяч.

Шесть тысяч — это машина «Волга». Это целое состояние.

Теперь понятно, почему он хотел именно приехать. Чтобы взять деньги.

Я отъехала от него на своем стуле и спокойно сказала:
— Ира, я никогда не беру в долг. И никогда не даю. А если и даю, то такую сумму, которую мне не жалко потерять. Шесть тысяч мне потерять жалко. Я могу тебе дать четыреста рублей.

Четыреста рублей — это двухмесячная зарплата кандидата наук. На улице не валяются. Их тоже надо заработать. Но потерю такой суммы пережить можно без ущерба для здоровья. Обойдусь легкой досадой.

Ира выслушал мой отказ. Обиделся. Встал и ушел, не попрощавшись. Грохнула дверца лифта.

«Ну и черт с тобой», — подумала я.
Занялась какими-то домашними делами.

Через десять минут зазвонил телефон. Это был Ира.

— Я с-с-согласен, — хмуро сказал он.
— Ну хорошо, — отозвалась я.

Ира вернулся, молча взял деньги, сунул их во внутренний карман пиджака и ушел без «спасибо» и без «до свидания».

Через месяц Ира позвонил снова и сообщил, что он не забыл про долг и отдаст обязательно.
— Когда? — уточнила я.
— Через какое-то время, — неопределенно ответил Ира.

Я приняла к сведению, но было ясно, что Ира звонит по другому поводу.
— Чего хочешь? — прямо спросила я.
— Н-н-надо поговорить глаза в глаза.
— Некогда мне смотреть в твои глаза. Говори, что надо. Коротко и ясно.
— С-с-сценарий д-для п-полнометражного ф-фильма, — ответил Ира коротко и ясно.
— У меня сценария нет. Есть повесть.
— Д-д-давай повесть. По ней сделаем сценарий.

Я помнила успех его прошлой работы. Ира — безусловно талантлив. Почему бы не доверить ему свою повесть?
— Хорошо, — согласилась я. — Пусть звонят со студии. Заключают договор.
— К-к-какой д-договор?
— На покупку прав. Я продаю права.

— Н-но ты же не х-хочешь писать сценарий. Я сам буду писать.
— Повесть-то моя... — напомнила я. — Ты будешь писать экранизацию.
— А, д-д-да, — сообразил Ира. — Эк-к-кранизация д-д-дешевле н-на д-д-две тысячи...

Договор был заключен. Сценарий написан. Я его не читала. Я писала новую повесть, была увлечена, и все прошлые замыслы были в прошлом. Я отделяюсь от прошлого, как ракета от ракетоносителя. Лечу дальше, а ракетоноситель летит вниз, и не важно, куда он упадет — в воду, или в тайгу, или кому-нибудь на голову.

Однажды вечером мне позвонила актриса, играющая у Иры главную роль, и попросила прийти на съемку.
— Зачем? — не поняла я.
— Я вас просто умоляю... — В голосе актрисы были слезы.

Я любила эту замечательную актрису и не посмела ей отказать.

Я приехала на съемку. Съемка происходила в павильоне «Мосфильма».

Снимали сцену с собакой. Делали шестнадцатый дубль. Собака была замучена и с упреком смотрела на свою хозяйку. Хозяйка грозилась прекратить это издевательство.

Ира не мог сформулировать задачу, стоял, как бесполезный столб. Группа остервенела. Я боялась, что Иру побьют.

Актриса подскочила ко мне и заорала:

— Я не буду у него сниматься. Я откажусь!

— Люда... — взмолилась я. — Милосердие выше справедливости...

— Какое милосердие? Моя честь в его руках. Моя репутация актрисы. Он провалится и меня провалит вместе с собой. Мне это надо? Я уйду с картины.

— Люда! Не надо портить человеку жизнь. Войдите в положение.

— Да с какой стати? Он сам не знает, что хочет. Стоит, как пустой гондон.

Ира оставался с бесстрастным лицом. Он привык получать оскорбления от своих кредиторов. Закалился.

Навис скандал.

На студии посмотрели материал. Я тоже посмотрела. Караул. Я не могла понять, вернее — не могла совместить первый фильм со вторым. Первый — ясно талантливый, второй — явно фуфло. За каждым кадром — пустота. И музыка какая-то лошадиная, галопом. И актеры — картонные, хотя известные. Актер не в состоянии преодолеть режиссерскую несостоятельность.

Что же произошло?

Я вспомнила слова актрисы: пустой гондон. Что такое гондон, я не знаю. Может быть, презерватив. Но это не важно. Важно слово: пустой. Ира был пуст, а из пустоты можно черпать только пустоту.

Знаю по себе: когда я начинаю новую работу, то иду на погружение, как глубоководная рыба. Я вся — в замысле и практически не реагирую на окружающую жизнь. Я — ТАМ.

Бедный Ира не в состоянии сосредоточиться и погрузиться. Его, как рыбу на крючке, постоянно дергают вверх за губу. Он вынужден всплывать и решать совершенно другие задачи. Задачи кредиторов.

В таком состоянии: о каком творчестве речь? Художник должен зависеть только от замысла.

Ира бросил в жертву квартире свой талант. И теперь квартира есть, а таланта нет. Может, талант и остался, но его растратили на другое. А именно: догнать, перезанять, обмануть, наврать, пообещать, выстроить в голове пирамиду. Для этого нужна большая и непрекращающаяся энергия. А энергия — одна на все. Как кошелек с деньгами. Потратил на одно, значит, на другое не хватит.

Встал вопрос о закрытии фильма. Но средства вложены. Обидно. Пригласили другого режиссера — опытного веселого закройщика. Он доснял фильм до конца, ловко смонтировал, профессионально склеил. Если нет большой одаренности, можно выехать на профессии. Профессионал — это немало. Вполне допустимо.

Получилась киношка на крепкое три. Даже на четыре с минусом. Киношка резво прокатилась по стране. Собрала кучу денег.

Ира встряхнулся. Сделал вид, что никакого провала не было. О каком провале речь? Его фамилия в титрах метровыми буквами. Он — режиссер-постановщик, элита интеллигенции, имеющий приз, живущий на улице Горького.

Ира рассчитался с самыми ядовитыми кредиторами. Их было сорок человек. После чего деньги быстро кончились, а кредиторы остались. И немало. Шестьдесят человек.

Ира надеялся, что людям надоест вытаскивать из него деньги. Или просто забудут о долге. Но нет. Продолжали жужжать над ухом, как комар в ночи. И даже присылали людей, которые выколачивали нужную сумму. Иру не били, но пугали. Тоже очень неприятно.

Ира стал искать новый сценарий и обращаться на студии страны. Отправляясь на переговоры, Ира брал с собой кассету первого фильма. Кассета очаровывала. С Ирой готовы были сотрудничать.

Ира добился новой постановки и снова провалился с треском. Провальная репутация за ним закрепилась. Ире перестали давать работу. Он надел маску гения, которого запрещают, и под это дело легко одалживал и переодалживал.

Погоня за деньгами стала фоном, на котором протекала его жизнь. А может, и основным смыслом.

Прошло двадцать лет. Я превратилась в женщину среднего возраста. У меня выросли дети и появились внуки. Мои книги продавались большими тиражами. Моя личная жизнь булькала, как затихающий вулкан. Я надеялась, что вулкан уснет. От его деятельности — сплошные трагедии. Котел моей жизни все кипел и переливался через край.

Ира канул, растворился во времени. Я о нем ничего не слышала.

Раздался звонок. Я сняла трубку и услышала жужжание.

— З-з-з-з-з...
— Здравствуй, — отозвалась я. — Как живешь?
— У м-м-моей дочери рак мозга, — медным голосом произнес Ира.
— О господи... — выдохнула я.

Помолчала и сказала неуверенно:
— По-моему, у тебя нет детей...

Я не слышала, чтобы Ира женился и родил.

— Это дочь моей жены, — отчеканил Ира.

Значит, Ира женился. А почему и нет...
— Это уже легче, — отозвалась я.

Болезнь чужих детей мы переносим легче, чем своих.

— У м-м-меня с женой очень хорошие отношения, — строго заметил Ира.

— Понятно...

Я ждала, — чего он хочет? Наверное, денег. Хотя прошлый долг он мне не вернул. Но прошлое осталось в прошлом.

— Я х-хочу п-продать телевидению свой первый фильм.

— А я при чем? — не поняла я.

— Дай мне телефон директора канала. У тебя есть.

— У меня есть, но директор канала не разрешает давать свой телефон.

— М-м-мне нужны деньги на операцию в Германии. Неужели не понятно?

— Ладно. Записывай...

Я продиктовала секретный мобильный телефон.

Ира записал и тут же набрал директора. Представился. И четко, почти не заикаясь, объявил, что у его дочери рак мозга и в связи с этим он хочет продать свой фильм каналу.

Директор содрогнулся. У него самого были дети, и оказаться в положении Иры — не приведи господь. Директора пронзило сочувствие. Он готов был пойти навстречу несчастному, но существуют формальности.

— Кому принадлежат права на фильм? — спросил директор.

Ира безмолвствовал. Может, не знал.

— Я выясню, — пообещал директор. — Позвоните мне через час.

Директор дал распоряжение своим помощникам, и они за пять минут все выяснили: фильм принадлежит студии Горького, и телевидение не имеет права купить его у частного лица. Это все равно что купить краденую вещь.

Директору канала предлагалась афера. Хорошо, что он проверил.

Ира позвонил ровно через час. Представился.

— Права у студии Горького. Вы что, не знали? — спросил директор.

Ира бросил трубку, как обжегся. Директор понял: звонивший знал. Все знал, но рассчитывал, что проверять не станут. Словосочетание «рак мозга» — как электрошок, а в состоянии шока люди забывают о формальностях. Однако директор оказался осторожным. Он был опытный чиновник. Дело не выгорело. Ира выглядел как жалкий аферист.

Директор позвонил мне и спросил:

— Это ты дала телефон?

— Я, — созналась я.

— А кто он такой, этот Ираклий Аристотелевич?

— Джентльмен удачи.

— А у него действительно больна дочь?

— Не знаю, — призналась я.

Ира — человек непостижимый. В нем сочетаются вершины и пропасти. Могло не оказаться ни дочери, ни рака. Но зачем думать о человеке худшее? Недаром существует презумпция невиновности.

Ира позвонил через неделю как ни в чем не бывало.
— Т-т-ты будешь сегодня дома с семи до восьми вечера?
— А что? — насторожилась я.
— Я участвую в передаче «Кто хочет стать миллионером?». Я хочу выиграть миллион на операцию дочери.
— А я при чем?
— Звонок другу. Я тебе позвоню.
— Нашел интеллектуалку…
— В-в-все равно. Сиди дома.

Я догадалась. Ира хочет на всю страну сообщить, что я — его друг. Ну, пожалуйста.

В назначенное время я сидела дома, но звонка не последовало. Ира провалился гораздо раньше подсказки. Его выигрыш составил одну тысячу рублей.

По окончании игры он мне позвонил.
— Я перепутал название ящерицы, — весело сообщил он. — Надо было сказать «игуана», а я сказал «варан».

Ира весело засмеялся. Я поняла, что он нисколько не расстроен. Выиграл — хорошо, не выиграл — тоже хорошо.

— А как же деньги на операцию? — спросила я.

— А... У нее доброкачественная опухоль. Здесь тоже могут прооперировать. А здесь — совсем другие деньги.

Я вздохнула. Из одолженца Ира превратился в афериста. Плавно перетек из одного в другое. А может, все так и было, как он говорит. Вначале подозревали один диагноз, потом он не подтвердился. И это большое счастье.

Голос у Иры был легкий, настроение неплохое.

— А жена у тебя есть? — спросила я.

— Т-т-т-татьяна.

— Звезда? — ехидно уточнила я.

— Л-л-лучше, — серьезно ответил Ира. — Звезда светит всем, а Т-т-т-татьяна только мне.

— Вы расписаны или так...

— Мы не расписались, но живем вместе уже семь лет.

— А почему не расписались?

— Мама не хочет, — уклонился Ира.

«Это ты не хочешь», — подумала я, но вслух не произнесла.

Квартира для Иры — как смерть для Кощея Бессмертного. Он ее прятал на конце иголки, иголка в яйце, яйцо в утке. Поди достань.

Квартира — это смысл и содержание всей жизни. А тут Татьяна, да еще с ребенком. Прописывать обеих, а при разводе делить на троих. Ни за что.

— А ты ее любишь? — спросила я.

— Да. Люблю. Но мое правило: НИКАКИХ ЖЕРТВ. Иначе любовь быстро превратится в свою противоположность.

Я задумалась. Разве можно прожить без жертв? Дети — сплошные жертвы. Любовь. Красота. Только и делаешь, что наступаешь на собственное горло. А творчество? Оно выжирает всю жизнь, всю энергию. Сколько всего потеряно из-за этой зависимости?

Бедный Ира скачет на своем коне под знаменем, на котором начертан лозунг: «КВАРТИРА». В жертву этой мамоне брошено все: талант, любовь, репутация, качество жизни.

Что это? Ложная цель. Бедный всадник не в ту сторону скачет. Но разве вся жизнь с ее неизбежным концом не есть ложная цель?

Во второй половине жизни время идет быстрее. Только что была осень, а уже — весна.

Я продолжала писать свои рассказы и повести. Получалось по-всякому: хуже и лучше. Но художник не обязан работать ровно. Его кривая как электрокардиограмма — вверх и вниз. Если бы писатель писал все лучше и лучше, то к концу жизни становился бы Львом Толстым. И у нас в стране были бы сотни Толстых и Достоевских.

В стране произошли громадные перемены: был развитой социализм, стал дикий капитализм.

В моей жизни ничего не менялось. Я как была, так и осталась — средний класс. Располагалась между нищими и богатеями. Нищих было больше. Почти вся страна.

Иру я потеряла из виду, но, исходя из его характера, думаю, что и в его жизни ничего не менялось. Он уговаривал продюсеров дать ему постановку и при этом искал деньги, чтобы заткнуть очередного навязчивого кредитора. Его квартира на улице Горького (теперь Тверской) выросла в цене в сто раз. Она стоила многие миллионы. Ее можно было выгодно продать, сдать под офис. Иметь офис на Тверской улице — хрустальная мечта любого предпринимателя. В руках Иры оказались сокровища Али-Бабы, но он не пожелал ими воспользоваться. Для этого надо было частично (сдать) или полностью (продать) отказаться от квартиры. Выехать из квартиры — значит выехать из себя. Это не совпадало с его амбициями. А без амбиций Ира — никто, ничто и звать никак. Просто Ира, и все. Никакого удельного веса. Пух. Перо. Дунешь — улетит.

А деньги... Ну, раздаст он кредиторам... Да плевать на них. Кто они ему... Купит новую квартиру или снимет где-нибудь в Измайлове, это будет другая квартира с пьющими соседями и дворниками-татарами. По утрам: здрасте — здрасте...

Образ БОЛЬШОГО режиссера (Бондарчук, Любимов) с благородной сединой, живущего в самом центре, имеющего международные призы, — Ире нужно только такое ви́дение себя. И другого он не допустит.

Начало лета.

Раздался звонок. Я сняла трубку, там молчали. Я поняла, что это Ира, продирается сквозь первую согласную.
— Здравствуй, Ира... — отозвалась я.
— Т-т-т-т...
— Да, я тебя узнала, — опередила я его вопрос. — Как поживаешь?
— Я л-л-лежал в б-больнице. Т-т-три месяца в реанимации. Оп-перация н-на сердце. М-мне ставили ш-шунты. П-пять ш-шунтов. Я чуть не умер.

Я поверила сразу. У Иры вполне могли забиться сосуды, питающие сердце. Тем более при его неспокойной жизни. Ни минуты покоя.
— К-к-когда я уходил из больницы, врач мне сказал: «Ираклий Аристотелевич, мы думали, что будем вас выносить отсюда вперед ногами. А вы уходите на своих ногах. Это благодаря вашей силе духа».
— Очень может быть, — согласилась я. — А как ты сейчас себя чувствуешь?
— У меня совсем нет денег. У меня до десятого июня — семь рублей.

Я вспомнила, что сегодня первое июня. Получается меньше рубля в день.

— Приезжай, я тебя покормлю, — предложила я.

— Н-ну, я поем один раз. А дальше?

В самом деле. Но что я могу сделать? Усыновить его? Выйти за него замуж?

— Я б-б-был у директора киностудии, — продолжал Ира. — Он мне сказал: «Ираклий, я готов тебе помочь. Найди хороший материал, я найду спонсора. Я запущу тебя в производство. Но нужен сценарий. Сейчас кризис сценариев. Самое главное — история». Понимаешь? Должна быть интересная история. Желательно мелодрама. У тебя есть такая?

— Купи мою книгу, почитай, — предложила я.

— А сейчас ты над чем работаешь?

— Пишу повесть.

— Какую?

— Что, ты не знаешь мои повести? Они все одинаковые. Бери любую.

— Н-нет. Я хочу последнюю. Которую никто не читал.

— Тогда жди. Я медленно пишу.

— Сколько ждать?

— Год.

— Я с-согласен. Но обещай, что больше никому не отдашь.

— Обещаю, — сказала я.

Я знала, что ему никто не даст постановку, но мне было его жаль. Человек после операции, еле жив. Ему нужна надежда и видимость полезной деятельности. Почему бы не получить надежду из моих рук. К тому же Ира — из моей молодости, обаятельный, несуразный мальчик из хорошей семьи.

— Как мама? — спросила я.

— Мама умерла.

— Давно?

Ира вздохнул. Я поняла: ему тяжело вспоминать.

— А Татьяна существует?

— Если бы не она, я бы сдох. Она приезжала ко мне в больницу каждый день.

— Так это любовь... — определила я.

— Да нет. С-с-сострадание. Она очень хороший человек.

Я хотела спросить: расплатился ли он за квартиру, но не спросила. Как он мог расплатиться, если нигде не работает и ничего не зарабатывает. Привык быть в должниках. Привыкают же люди ходить на протезе.

Прошел год. Я закончила повесть. Ира приехал ее забрать.

Июнь. Я жила на даче. Стояла на крыльце и смотрела, как Ира вошел в калитку. Идет по дорожке.

Он почти не изменился. Был худой и остался худым. Волосы поседели только на висках. Глаза не угасли. Те же маниакально горящие глаза. Двигался медленно. Мне стало его пронзительно жалко. Как неудавшегося сына.

На обед подавали пельмени. Домработница сама налепила из трех сортов мяса. Ира съел пять штук. Отодвинул тарелку.

— Почему ты не ешь? — спросила я.
— Я больше не могу.
— Как это?
— В желудок не помещается. У меня желудок усох.
— Почему?
— Потому что я мало ем.
— Ужас... Ты как блокадник.

Ира молчал. Думал о чем-то своем.

— Ты меня не кинешь? — спросил он. — Не отдашь рукопись другим?
— Я отдам ее в издательство.
— Ага. Выйдет книга. Ее прочитают и захотят сделать кино.
— Очень может быть, — согласилась я.
— Тогда ты скажешь: режиссер только Ираклий Мегвиноцехутесси.
— Я так не скажу.
— Почему?
— Я твою фамилию не смогу выговорить. Это не фамилия, а песня с припевом.
— Я ее сокращу наполовину.
— Договоримся так: я даю тебе права на год. Если за год у тебя ничего не получится...
— Почему не получится? Надо программировать победу. Все получится!
— Ты уже программировал выиграть миллион, — напомнила я.

— Да... — Ира покачал головой. — Сказал «варан». Вот дурак.

Мы вышли в сад. Сели на лавочку под жасминовым кустом. Домработница вынесла нам клюквенный морс.

— Как хорошо ты организовала свою жизнь, — вздохнул Ира. — А я... Моя жизнь — это знаешь что?

— Не знаю.

— Ведро жидкого говна.

— Да ладно...

— Именно так. Жидкое говно, и больше ничего. Ни жены, ни детей, ни фильмов.

— А почему ты не женился на Татьяне?

— Мама не дала. Скандалила: через мой труп. Я и так получил в результате ее труп, а Таню потерял.

— А ты женись на ней сейчас. Мама больше не мешает.

— Поздно. Надо было раньше. Я семь лет не делал ей предложения. Женщину это оскорбляет. Я все сделал для того, чтобы ее потерять.

— И все из-за квартиры... — озвучила я. — Как будто ее можно взять с собой на тот свет.

Ира поднялся.

За забором его ждала машина. В машине сидел человек. Значит, Ира приспособил кого-то из знакомых. Ему не отказали. Все-таки кинорежиссер.

Ира вытащил из кармана целлофановый пакет и положил туда рукопись. Это был его золотой ключик. Данным ключиком он намеревался открыть волшебную дверь, ведущую к деньгам и славе. Или хотя бы к чему-то одному.

Через месяц мне позвонил продюсер частной киностудии. Он представился и спросил:
— Вы давали рукопись Ираклию с длинной фамилией?
— Да, — сказала я. — А что?
— Дать рукопись этому человеку — все равно что выкинуть ее в окно.
— Почему?
— Да потому, что его все знают и дальше секретарши никто не пустит.
— Почему?
— Потому что он никакой режиссер и наглый тип. Он сказал, что владеет правами на вашу рукопись. Это так?
— В течение года, — подтвердила я.
— А вам сколько лет?
— Какое это имеет значение?
— Вы так легко раскидываетесь временем, год туда, год сюда... А жизнь идет, между прочим.
— А вам сколько лет?
— Пятьдесят, — ответил продюсер. — Мужчина в расцвете сил.
— Как Карлсон, который живет на крыше...

Год прошел быстро. Буквально проскочил.
В моей жизни мало что менялось. Дети росли — те же дети. Книги писались — те же книги, похожие одна на другую.

В сущности, что такое творчество? Отпечаток души. И отпечаток души, равно как и пальца, не меняется. Одно и то же направление линий.

Я могла бы ничего не делать. Но не могла.

Однажды вечером я встретила знакомого драматурга. Спросила:

— Ты что сейчас пишешь?

— Ничего.

— Как это? — не поняла я.

— Надоело.

— Как это? — поразилась я.

— Так. Талантам надоедает, а гениям нет.

Мне не надоело. Может быть, еще рано. Я еще не насытилась днями. Не постарела, короче. Возраст и старость — это не одно. Можно быть молодой и в девяносто лет. Все зависит от энергетического запаса. От внутренней батарейки, как в электронных часах. Моя батарейка еще чикала.

Ира навещал меня звонками. Руководил.

— Позвони Петросяну. Это продюсер.

— Зачем?

— Предложи себя и меня.

— Еще чего... Буду я навязываться, как проститутка на вокзале.

— А я, значит, могу...

— Это твое дело.

Я заканчивала разговор и ругала себя за свою мягкость. Не надо было отдавать ему рукопись. Я его пожалела, а себя подставила.

«Никаких жертв». Кто это сказал? Ира и сказал.

Через год я продала права Карлсону, который, как оказалось, жил не на крыше, а в собственном загородном коттедже. Он собирался сварганить сериал из двенадцати серий.

— А кто режиссер? — поинтересовалась я.
— Миша Колобков.

Я понятия не имела, кто это.

— А Ираклия нельзя? — поинтересовалась я для очистки совести.
— Нельзя.
— Почему?
— Потому что он старый и больной. Он не выдержит двенадцати серий.

Я знала: сериалы снимаются быстро. И еще я знала: продюсерское кино не может быть произведением искусства, потому что в основе — не качество, а прибыль.

Я и раньше не интересовалась результатом съемок, а теперь и подавно. У меня был свой виноградник и свое вино. Это мои книги. А у продюсеров — свой виноградник и свое вино. Каждый отвечает за себя. Или не отвечает.

Среди ночи раздался звонок.

Я боюсь ночных звонков. Значит, что-то случилось. Я испуганно сдернула трубку. В трубке слышался зуммер: з-з-з-з-з...

— Это ты? — догадалась я.
— З-з-з-з-звоню п-п-попрощаться.
— Ты уезжаешь? — спросила я.
— Можно сказать и так.
— Куда?

Ира молчал.

— Ты хочешь покончить с собой? — догадалась я.
— Д-д-да!
— Как?
— Ч-ч-что за идиотский вопрос? — обиделся Ира. — Я звоню попрощаться. И все.

Моя совесть забеспокоилась, стала ворочаться в груди.

— Я сделала все, что обещала, — напомнила я. — Я вошла в твое положение.
— Вошла и вышла, — упрекнул Ира.
— А что бы ты хотел?

Он хотел, чтобы я осталась с ним в его ведре с жидким говном.

Ира молчал.

Я, конечно, не верила, что он покончит с собой. Просто вымогает милосердие. Еще один «рак мозга». Но черт его знает. А вдруг...

— Я б-б-больше не могу так жить, — проговорил Ира.
— Продай квартиру! — закричала я. — Что ты вцепился в нее, как энцефалитный клещ? Продай! Она стоит бешеных денег. Купи себе другую квартиру в зеленом районе, рассчитайся с долгами и живи, как человек.

— Н-никогда! — отрубил Ира.
— Тогда поменяй работу. Что, обязательно быть кинорежиссером? А другие что, не живут? Иди вторым. Иди помощником.
— Н-никогда! — отрубил Ира.
— Лучше покончить с собой?
— Д-да! Лучше. Все или ничего.

Все или ничего — вот его жизненная установка. И никаких компромиссов. Хотя компромисс входит в жизненный процесс. И главный компромисс — это старость. Хочешь жить долго — ходи больным и некрасивым. И все с этим мирятся. И более того, изо всех сил длят свою старость. Только фанатик может прекратить жизнь во имя идеала. Но фанатизм в моем понимании — это заблуждение, переходящее в глупость.

— Ира, не будь дураком. Посмотри трезво.

Ира не отозвался. Молчал. Но молчание не было пустым. Он слушал.

— Сейчас уже не модно жить в центре, — продолжала я свою проповедь. — Все богатые люди живут за городом, на свежем воздухе. И режиссером быть не модно. Сегодня в моде политики и нефтяники, там, где больше платят. А режиссер — это наемный работник. Батрак.
— Ч-ч-что ты хочешь сказать?
— Жизнь изменилась, Ира. Пора и тебе меняться. Пора расставаться с ложными идеалами.
— Ложные или нет, но они мои.

— Ты как старый большевик, — сказала я.

Ира бросил трубку. Обиделся.

Я ждала, что он перезвонит.

Ждала неделю. Сама не звонила, боялась поставить его в неловкое положение. Обещал мне покончить с собой, но обещания не выполнил, и я его как бы уличила своим звонком. Либо выполнил, и тогда это на мне. Я была последней, за кого он уцепился. Но я выдернула свою руку.

Я не звонила. Предпочитала не знать.

Время шло.

До меня докатились слухи, что Ира заложил квартиру какому-то крупному банку. Пожизненно. Это значит, что после смерти Иры квартира перейдёт в собственность банка. И это логично, ведь у Иры не было ни семьи, ни жены, ни детей, никаких близких родственников. Была только квартира. Эта квартира, как корабль, качала его по волнам и доставила из точки «А» в точку «Б». Всё.

Нет. Не всё. Слухи не подтвердились.

Ира не заложил квартиру, а продал. И не банку, а богатому итальянцу по имени Сильверио. У Сильверио в России был мебельный бизнес. Он поставлял кресла для Большого театра. Можно представить, сколько надо было выполнить кресел. Тысячу? Две? Но не в этом дело.

Сильверио захотел квартиру в центре. Деньги — не проблема.

Неизвестно, кто свел его с Ирой. Известно, что Ира продал свою квартиру и вмиг разбогател. Он купил себе другую квартиру — в Крылатском, с видом на водоканал. С обширным балконом.

Если утром выйти на балкон — над головой окажется синее небо, в небе светящаяся дырка — солнце, а внизу сверкающая водная гладь плюс спортивные соревнования. Лодки устремлялись вперед. Гребцы синхронно взмахивали веслами, превратившись в одно.

Ира смотрел, и ему тоже хотелось куда-то устремляться и побеждать.

Он вложил деньги в дело — какое именно, не знаю. Знаю только, что он обзавелся «крышей». Крышевали его цыгане. Он внушал им уважение своим дипломом кинорежиссера, своей затрудненной речью и отсутствием золотых зубов. Другой человек.

Сильверио в течение трех дней обставил свою новую квартиру: белые поверхности, хрусталь, прозрачность. Главная задача — не съедать мебелью пространство. Квартира засияла, как невеста. Она как будто обрадовалась.

Ира тоже был доволен. Он купил кошелек и клал в него деньги мелкими пачками. Толщину пачек определял на глаз.

Он никогда не знал, сколько у него в кошельке денег. Зачем? Кончатся — положит новые.

В один из дней Ира приехал ко мне. Решил вернуть долг — те самые четыреста рублей, которые он занял при социализме. Раньше это была двухмесячная зарплата кандидата наук, сейчас на эти деньги можно было купить два килограмма мяса для собаки. Но ведь дело не в деньгах. Главное — жест. Взял — отдал. Больше ничего не должен.

Ира вошел в калитку. За воротами поблескивал черный «мерседес».

Ира по-прежнему ел мало. Без аппетита.

— А с кредиторами ты рассчитался? — спросила я.

— Обойдутся, — ответил он брезгливо.

Это был другой Ира. Бытие определяло сознание.

Кредиторы — люди второго сорта. Что-то требовали, копошились. Ира предпочитал спокойствие.

— Какие у тебя планы? — поинтересовалась я.

— В Уругвай поеду.

— Зачем?

— Раков выращивать. И черную икру.

— Вне осетров? — удивилась я. Решила, что черную икру можно выращивать искусственно.

— В осетрах, — мрачно уточнил Ира.

— А зачем тебе это все?

— Прибыль.

— А как же твои идеалы? — напомнила я.

— Чего? — Ира перестал жевать.

— Ну... Кино. Самоусовершенствование.

— Срал, — коротко ответил Ира.

Была одна жизнь. Она кончилась, как война. Теперь другая. Зачем сравнивать?

— А помнишь, я тебе говорила: продай квартиру. А ты упирался.

— Если ты умеешь давать советы, дай их себе.

— Что ты хочешь сказать? — насторожилась я.

— Ничего. Если тебе все нравится...

Моя жизнь на фоне его возможностей выглядела жалкой. И еще, скорее всего, он не простил мне своих унижений.

— Мне все нравится, — сказала я.

И это правда. Я не хотела другой профессии, других детей, других друзей. И других денег я бы тоже не хотела. Есть деньги большие, а есть хорошие. У меня были хорошие деньги.

Через час Ира поднялся.

Я пошла проводить его к калитке. Я знала, что мы больше не увидимся. Победители не любят свидетелей прошлого.

Ангел-хранитель

повесть

Жили-были Валентин и Валентина. Валя и Валик. Сначала жили в разных местах, Валентина в Киеве, а Валик в Одессе. Потом они поступили в Московский университет на физтех или физмех — в общем, что-то сложное, недоступное гуманитариям. Но Валя и Валик — прирождённые технари. Они не понимали: зачем кувыркаться в словах, когда есть цифры.

Цифры — это шифр мироздания. Цифры — это база. А слова — надстройка. Способ общения, не более того.

Впервые они увидели друг друга в университетской столовой. Валентин сидел за столиком и ел сосиски с хлебом и горчицей, а Валентина стояла в очереди к буфетчице и изнемогала от голода.

Валик посмотрел на Валентину, и его прожгло предчувствие: «Вот на ней я женюсь».

Откуда берётся предчувствие? Может быть, вся жизнь уже расписана в книге судеб и человеку дано заглянуть на несколько страниц вперед...

«Вот на ней я женюсь», — решил Валик, глотая сосиску. Откуда такая самоуверенность — неясно. Валик — страшок американский, как его дразнили в детстве. Но он даже не американский — просто страшок: тощий, прыщавый, вихрастый. Правда, умный — что есть, то есть. И остроумный — это особое качество ума. И обаятельный — а это уже талант души. И смешной. Там, где Валик, всегда весело, всегда взрывы хохота.

Бывают люди красивые, но не обаятельные. Значит, душевно бездарные, одна оболочка. К оболочке скоро привыкаешь и не замечаешь, а обаяние побеждает все, даже прыщи и кривые зубы.

Валентина — как кукла из дорогого магазина: блондинка с голубыми глазами, высокая, стройная, зубы — чистый жемчуг. О такой мечтают все и вся: военные и штатские, ученые и спортсмены, старики и старшеклассники, артисты и водопроводчики. Пур ту, как говорят французы. Для всех.

Когда Валик сунулся в ее пространство, стал подбивать к ней клинья, Валентина даже не повела глазом в его сторону. Просто удивилась нахальству и самоуверенности этого шибздика — так называли невзрачных парней в ее родном городе Киеве. Но через неделю она отдалась ему в съемной комнате на узком диване, который не раскладывался. Напор, остроумие и обаяние плюс зов судьбы смели все преграды. Крепость была взята.

Ощутив ее тепло и аромат девичьего цветения, Валик захотел немедленно жениться — закрепить за собой эту красоту, эту теплоту и это счастье.

Валентина, между прочим, училась блестяще, получала повышенную стипендию, была далеко не дура. Такое сочетание: ум и красота — поди поищи. А Валентин нашел. И тут же написал письмо родителям.

В Москву приехал папаша Валентина. У него было две задачи: повидать сына и отговорить его от необдуманного шага. Кто женится в восемнадцать лет и после двух недель знакомства? Надо хотя бы окончить университет, стать на ноги и заодно проверить свои чувства.

Валентин объяснил отцу, что невесту перехватят. Надо именно торопиться.

Папаша решил поговорить с невестой. Он спросил:

— К чему такая спешка?

— Я далеко живу, — объяснила Валентина.

Она снимала комнату в противоположном конце Москвы.

— И что? — не понял папаша.

— Валику придется каждый день меня провожать. А это два часа в один конец. И два часа обратно.

Валентина посмотрела на папашу чистым взором и могла показаться круглой дурой, если бы не повышенная стипендия.

Папаша понял, что разговаривать бесполезно. Они не думают ни о чем, кроме того, как бы скорее рухнуть на любое ложе и оказаться в объятиях друг друга. Их было не растащить даже бульдозером, не то что словами и нравоучениями.

Папаша уехал. Родители прислали на свадьбу две корзины с одесского привоза: домашнюю колбасу и сало, тоже домашнее. Передали с поездом.

Через год родился ребенок — вылитый Валик. Чего боялись, то случилось. Но обошлось. Ребенок хорошел с каждым днем и вырулил в красавца.

Валентина крутилась как белка в колесе, но учебу не бросала. Закончила вовремя и с красным дипломом. Одни пятерки.

Денег не хватало. Валентин пошел подрабатывать на стройку. Сначала был разнорабочим, таскал арматуру. Потом постепенно стал прорабом. Его слушались и уважали. Прирожденный вожак.

Когда уважают работяги — это признак качества. Значит, есть в человеке прочная сердцевина и совесть есть. А совесть — признак Бога.

Валик прикипел к стройке. И остался.

Построить дом — то же самое, что написать книгу или снять фильм. Каждый день продвигаешься вперед, и в конце концов, через год или два, налицо результат: дом под крышей. Это не то что КБ (конструкторское бюро) или НИИ (научно-исследовательский институт), где работа идет по принципу: пойди туда — не знаю куда, принеси то — не знаю что.

У Валика была постоянная строительная бригада. Каждый человек — на вес золота. Он отбирал по крупице, как на золотых приисках. Отсеивал мусор. А человеческого мусора тоже достаточно: пьют, халтурят, воруют. Но в основном, конечно, пьют. Зависят от бутылки. А с зависимым человеком невозможно иметь дело. Получается, что ты тоже зависишь от его бутылки.

Родители Валика сходили с ума. Они рассчитывали, что Валик станет большим ученым, а он подался в работяги. Перед соседями неудобно.

Валик заматерел, перестал быть тощим. Превратился в широкоплечего и сильного. От него за версту тянуло мужиком.

Валентина гордилась мужем. Родила второго ребенка, мальчика. Куда денешься, если любовь.

Валентина не менялась внешне. Как была кукла, так и осталась. Она за собой следила. Ела мало, только чтобы не умереть с голоду.

Не потому что нечего. Деньги были. Форма и содержание — вот что важно женщине. Содержание незаметно, но форма... Форма требует жертв и воздержания.

Валентине не шла полнота, превращала в простушку. Сразу рассыпался весь образ. Она была обязана оставаться худой. И оставалась.

Валику дали квартиру на выезде из Москвы. Вернее, не дали. Он строил кооператив, и в доме выделялось несколько квартир для строителей. Такой был порядок.

Жизнь обретала устойчивость: семья, двое детей, успехи в работе, счастье в личной жизни — все как пишут в поздравительных телеграммах плюс здоровье, молодость и любовь, любовь... Жизнь — как море, не вычерпаешь.

Страна жила своими катаклизмами. Перестройка, Горбачев, Ельцин. Расстрел Белого дома.

Москвичи устремились к Белому дому — поглазеть, поучаствовать, защитить, если надо, и даже погибнуть при необходимости.

Валик тоже не остался безучастным. Он привел на баррикады всю свою строительную технику: бетономешалки, грузовики. В нем проснулся горьковский Данко, готовый поднять над головой собственное сердце, чтобы осветить дорогу к свободе.

Людям надоело быть безликим стадом. Толпа превратилась в народ. И этот народ был прекрасен.

Валентина с его светящимся сердцем и строительной техникой заметили. Отметили. Оценили. Приблизили. Он оказался в нужное время в нужном месте. И дальше пошло его неуклонное восхождение.

Ему поручали серьезнейшие объекты. Он давал серьезнейший откат.

Откат — слово последних лет. Это значит — процент. Заказчик выступал как агент и получал свой процент. Все, как в капитализме. Но в нормальном капитализме процент неизменно меньше. А в нашем диком капитализме правила никому не писаны. Сумма произвольная. Это называется — человеческий фактор.

Валентин понимал: чем выше откат, тем крепче его позиция.

У Валентина была особенность: влюбляться в нужных людей. Он был искренне влюблен в своего заказчика. Ему нравились лицо, одежда, душа и мысли — все, кроме жены. Жена — красивая сорокопятка (45 лет) — любила унижать тех, кто от нее зависит. Хлебом не корми, дай унизить нижестоящего. У этой черты характера есть название: хамство. Слово «хам» пошло от имени старшего сына Ноя. У Ноя было трое детей: Сим, Хам и Афет. Прославился только Хам, двое других остались в неизвестности.

Валентин скрывал свою неприязнь к жене заказчика и даже делал ей дорогие подарки. Маскировался.

Сапожник без сапог — это не про Валентина. (Имеется в виду строитель без квартиры.)

Следующая квартира была создана в старом арбатском переулке. Валентин воздвиг себе памятник именно рукотворный. Сам доставал и сам укладывал медные трубы — на века. Мой дом — моя крепость. Это была крепость для сыновей — Петра и Павла — и для любимой женщины — Валентины.

Считается, что время и привычки губят любовь, но у Валентина стоял такой высокий градус чувств, будто только вчера познакомились, только вчера он ел сосиски в университетской столовой и смотрел не отрываясь.

Квартира занимала весь этаж. Это тебе не советская власть. Совсем другое время: кто смел, тот и съел.

Дизайнером выступила Валентина, у нее открылись дополнительные способности. В результате перепланировки фановая труба (канализация) оказалась в центре гостиной. Валентина создала вокруг трубы греческую колонну с лепниной на потолке.

Деньги решали все проблемы, большие и маленькие. Жить с деньгами оказалось весело, свободно и раскованно. Можно нанять кухарку и горничную, а самой ходить в бассейн, на йогу, не пропускать ни одной премьеры.

Дружить Валентина предпочитала со старыми подругами, но и новых не отбрасывала. Положение обязывает.

Пришлось дружить даже с женой заказчика. Это оказалось не так страшно, как казалось. Просто надо было с самого начала пригнуть голову и поджать хвост, дать понять, что Валентина признает первенство Хамки. И та успокоилась. Главное — установить первенство и не нарушать табели о рангах. Валентина была равнодушна к первенству. Для нее главное — быть первой и единственной у Валентина, у своих сыновей. А дальний круг ее не волновал. Пусть что хотят, то и думают.

Валентина поменяла внешние атрибуты: машину, верхнюю одежду, квартиру. Внутренне осталась той же самой, с теми же привычками: мало есть, много двигаться, любить ближнего. В каждом человеке есть свой секрет, свой замысел. Его интересно разгадать.

Власти предержащие были, как правило, хищники: умные, хитрые, талантливые. Иначе нельзя. Смешно быть глупым хищником. Сожрут.

Валик к хищникам не относился, просто ему повезло. Свезло, как говорят в деревне.

На одном везенье далеко не уедешь. Валик много работал, с утра до ночи. Его карьера взлетела, как реактивный самолет, и набирала высоту. Многим это было неприятно, а кому-то невыносимо.

Этот «кто-то» послал своих людей к Валентину с предложением продать бизнес, обменять на большие деньги, а лучше отдать даром в обмен на жизнь. Шла борьба за место под солнцем.

— Что передать? — спросил посланец.

— Пусть идет на... — Валентин произнес обидный адрес.

— Не пойдет. Он не баба.

— Я свое слово сказал, — подытожил Валентин.

— Ну, смотри...

Через неделю пропал Павлик, младший сын.

Нянька хлопала глазами, она и не видела, куда он делся. Подъехала машина с черными стеклами и отъехала машина. Нянька не обратила внимания. Она читала про то, как женятся и разводятся известные актрисы.

Валентина валялась в обмороке. Валентин сцепил зубы, на лице играли желваки.

Заказчик включил свои возможности, в том числе своих бандитов, именуемых «крыша».

В те времена колонны молодых людей вернулись из Афганистана. Большинство ничего не умело, только убивать. Этим и зарабатывали. Государство о них не заботилось, приходилось крутиться самим. Образовывались охранные агентства. Охраняли. Принимали заказы. Не бедствовали.

Все окончилось быстро и благополучно. Павлика вернули в целости и сохранности, и даже в хорошем расположении духа. Молодые дядьки с ним играли, учили стрелять в цель.

Валентина испугалась раз и навсегда. Она все время прислушивалась к шорохам за дверью и за окном и не знала, с какой стороны ждать бандитов и что они сделают в очередной раз: убьют, подожгут или просто до смерти напугают. В конце концов Валентина заявила, либо Валик отдает бизнес, либо она уезжает в Америку. Она и дня не останется больше в этой стране.

Валентин и сам был неспокоен, обзавелся охраной. Но ведь охрана перекупается. Как говорил Иосиф Сталин: все продаются, смотря за сколько. Свой бизнес Валик отдавать не собирался. Это был не просто бизнес — дело его жизни. Плюс деньги, к которым привыкаешь, на которые подсаживаешься, как на иглу. Чем больше денег, тем больше хочется.

О равнодушии к деньгам говорят только те, кто их никогда не имел. Из нужды в богатство переходить легко. А вот обратно — невыносимая ломка. Многие, разоряясь, кончали с собой. Хотя казалось бы: что может быть дороже жизни?

Валик любил свою семью. Но свое дело он тоже любил и не хотел им жертвовать. Выплыло решение: Валентина уедет, а Валентин останется. Они не разойдутся, ни в коем случае. Валентин будет жить для них и зарабатывать для семьи, но работать он будет для себя, для своего самоутверждения. Для реализации своей личности.

После перестройки было непонятно, что станет со страной. Куда она катится и где остановится.

Уезжали в Германию, в Америку и в Израиль. Израиль и Германия — для евреев. Валентина выбрала Америку. Многие университетские знакомые осели в Силиконовой долине.

Близкая подруга Надька обосновалась в Вашингтоне. У нее там друзья. Ходят друг к другу в гости, трындят по телефону. Не мертвая зона.

Валентина остановилась на Вашингтоне.

Валентин поехал первым — подготовить плацдарм, обустроить место для жены и двоих сыновей.

Хорошо обустраивать плацдарм, когда есть деньги. Золотая банковская карта. Вытащишь — и желание исполняется, как в сказке.

Богатые американцы не живут в пыльном центре. Они живут на свежем воздухе, однако рядом с городом, чтобы было удобно добираться до работы.

Валентин выбрал небольшой кусок земли — лужайка с дубом в центре. Дуб — могучий, развесистый, как в песне. Под дубом — собачья будка, позже туда заселился ротвейлер, серьезная собака.

Дом — старинный, семнадцатого века. Валентин не стал его разрушать. Оставил стены, а середину перестроил и переоборудовал, начинил современной электрикой и сантехникой.

Дизайном занимались профессиональные люди. Они предпочли белый цвет: белые диваны, бело-голубой бассейн, белые легкие занавески.

Дом получился светлый, легкий, казалось, взлетит на занавесках, как на крыльях, и поплывет — белый корабль по голубому небу.

Валентина и мальчики поселились в красоте и удобстве, живи — не хочу.

Валику нужно было возвращаться в Москву. Его ждал следующий мощный проект — подземный торговый центр, новое слово в строительстве. В центре Москвы все было застроено, приходилось уходить в глубину, в эпоху Ивана Грозного.

— Я буду тебя ждать, — сказала Валентина.
— И я буду тебя ждать, — ответил Валик. — Ты мой ангел…
— А ты — мой.

И это правда. Валентина наполняла жизнь любовью и смыслом. А Валентин создавал уровень, при котором все доступно.

Что еще желать?

Стали жить на две страны.

Оформили все бумаги. Получили двойное гражданство.

Дети учились в дорогой хорошей школе. Это очень важно. Хорошая школа практически обеспечивала будущее.

Валентина выписала из Киева свою маму. (Папа умер.) Теперь все было как в Киеве, если не выходить на улицу. Мама по-своему переставила мебель, накрыла белые диваны ткаными ковриками. Белое — не для подростков. Еда была киевская: борщи и жаркое, вареники с картошкой. Установился киевский запах — родной и приятный.

Дети учились хорошо, особенно Павлик. Ему подсчитали в школе интеллект, получился выше нормы. Павлик пошел в отца, если не дальше.

Старший сын — лоботряс, непонятно в кого, но красавец. Приволок на школьную вечеринку бутылку виски. Украл из дома. Учителя провели дознание, вызвали Валентину. Разговаривали грубо, угрожали исключением.

Валентина не привыкла к такому тону. Перед ней уже давно заискивали — все без исключения, и в России, и в Америке. Во-первых, за Валентиной стояли серьезные деньги, а это располагает к уважению. Во-вторых, Валентина всегда вела себя безукоризненно — скромно и с достоинством и с уважением к собеседнику, кто бы он ни был, хоть бомж.

Школьную начальницу звали Кимберлин. Ее имя щекотало язык. Кимберлин неуловимо напоминала Хамку — жену московского заказчика. Оказывается, и в Америке есть такие — хамка, и дура в придачу.

Годовое обучение стоило дорого даже для Америки. Валентина для прочности внесла пожертвование, своего рода взятка. Кимберлин не могла этого не знать и все равно грубила, пугала, как будто Валентина нищая мексиканка, забредшая случайно. Но и с мексами (так называли мексиканцев) нельзя разговаривать в подобном тоне.

Валентина спокойно выслушала Кимберлин, ее рот слегка затвердел — и это все. На следующий день она забрала документы своего сына и перевела Петра в другую школу, еще дороже и престижнее.

Кимберлин затрепыхалась, пыталась выйти на разговор с Валентиной, но ей было отказано в аудиенции. О чем говорить? Все ясно.

Кимберлин потеряла работу, хотя она действовала по инструкции. Содержание ее беседы было справедливо, но форма… Оказывается, форма не менее важна, чем содержание. А иногда форма и есть содержание.

Потекли американские будни. Каждодневный труд. Детей надо растить, учить, лечить.

Собой тоже надо заниматься, поддерживать красоту, дружить, общаться. Хорошее общение так же важно, как хорошая еда. Ты состоишь из того, что ты ешь и что читаешь.

Основное наполнение Валентины — любовь к семье. А как можно выразить любовь? Только служением. Просто сидеть и любить — не для Валентины. Она — человек действия. Вот и действовала с утра до вечера. Научилась водить машину. Возила мальчиков в школу и обратно. И по дому — дел невпроворот. За прислугой глаз да глаз.

Домработница — русская, с языком никаких проблем. Мама привезла ее из Киева, и правильно сделала. Американки в десять раз дороже. И не только. Русские знают свое место: обслуживающий персонал, домраба. А американка никакая не раба, свободный человек в свободной стране со своими правами и профсоюзами. Составляется контракт — и попробуй его нарушить.

Болеть в Америке удобно и неопасно. Не надо искать хорошего врача. Все врачи — хорошие.

Мама Валентины по Киеву не скучала. Ей было некогда, да и разницы никакой: там на хозяйстве и тут на хозяйстве.

Мама сняла с Валентины основные нагрузки, освободила ей время для себя, для самоусовершенствования. А это один из смыслов жизни — самоусовершенствование.

Валентина летала в Москву четыре раза в год. На каждый день рождения, на Новый год и в отпуск Валентина. Так что виделись раз в три месяца.

Каждая встреча — праздник. На дни рождения Валентин снимал дорогущий ресторан. Звал по сто человек гостей. Столы ломились от яств, как на пирах Ивана Грозного. Тут тебе осетры и золотые поросята, икра такая и другая, морепродукты, включая устрицы. Устрицы были вялые, полуживые, но все равно устрицы в раковинах. Самолетом из Парижа, а может, и с Азовского моря, поди узнай.

Валентина заранее договаривалась со своей визажисткой Любой. Люба делала лицо к празднику. Что она вытворяла с лицом Валентины — ее секреты, но кожа становилась юной и сияющей, щеки упругие, как антоновские яблоки, румянец пробивался нежным розовым тюльпаном. Зубы — жемчуг, глаза — хрусталь. Серый строгий костюм, а на лацкане пиджака — бриллиантовая ветка, три карата.

Валентин выводил Валентину в центр зала и произносил тост, воспевающий достоинства своей жены, и при этом смотрел на нее как на невесту во время свадьбы, и было видно, что — любовь, да. Вот она. И как не любить такую цветущую и чистую, такую родную и умную и сдержанно сексуальную.

У правительства Москвы — а они все были представлены на празднике — селилась в душе светлая печаль. Они тоже хотели любви и молодости: что может быть желаннее, чем молодая любовь. Но ведь не от человека зависит, от Господа Бога: положит он любовь в твою корзину или не положит.

Валентина звала всех своих подружек по университету. Они сидели за отдельным столом — страшненькие и неимущие — и не завидовали Валентине. Радовались за нее. Так она умела — не вызывать отрицательных чувств. Над ней как будто был раскрыт зонт, и дождь из ядовитых страстей на нее не падал.

Стоя в центре зала среди накрытых столов, Валентина чувствовала себя как актриса после спектакля, которой аплодируют и бросают цветы. Она не просто так выперлась на сцену. Это был результат труда, терпения, таланта, в конце концов. Ну-ка поживи в чужой стране без мужа, поспи в пустой холодной постели, посомневайся в его верности, брось себя под ноги детям... Никаких денег не захочешь. Но в данную минуту — все позади, а в настоящем — аплодисменты, любовь, триумф. Его любящие глаза. За это можно все перетерпеть. Валентина черпала силы для следующей разлуки. Черпала горстями, умывалась, ела ложками свое самоутверждение: вот она, я. Смотрите. Я — лучшая, и меня любит лучший.

Валентин сверкал, дурачился. Обаяние плескало, как волны во время шторма, и заливало всех с головы до ног.

Валентин несомненно был талантлив, в нем пропадал еще один дар — артистический. Он пародировал своих начальников. Получалось не хуже, чем у профессионала. Начальники нервничали, но прощали. Поражались уму пародиста. Валентин ухватывал основную черту, основную интонацию и воспроизводил. Получалось по-настоящему смешно. Смех там, где узнаваемо, а узнаваемо там, где правда.

Стоя в центре зала, Валентина замечала среди гостей несколько двадцатилетних давалок и несколько зрелых акул. Такие нарезают круги вокруг богатых мужиков в надежде оторвать кусок от тела, а если повезет, все тело целиком. Норовили пробраться на место Валентины.

Валентина научилась их распознавать, от них за версту несло опасностью. Валентина побаивалась и конечно же ненавидела. Но вида не подавала. Улыбалась всем одинаково.

Возвращаясь в Америку, Валентина оставляла все свои наряды подругам: пальто, кофточки, обувь. Уезжала буквально босиком, в домашних тапках. Кто там в самолете заметит.

Оставляла и деньги, хотя это неправильно. Подружки привыкли и смотрели в руки, а друзья не должны смотреть в руки. Но это мелочь. Валентина все равно любила своих подруг, а они любили ее. Люди мало меняются. Что-то главное, именуемое «душа», остается неизменным.

Валентина возвращалась в Америку полная сил, надежд и энергии. Запасалась на следующие три месяца. Так медведь накапливает жир на время зимней спячки.

А через три месяца — опять праздник, опять она в центре, но не в сером костюме, а в платье на бретельках со стразами, за пять тысяч долларов. И опять прожигающие лучи любви из глаз Валентина. Опять пародии, начальники от смеха падают со стульев. Как прекрасен этот мир...

Праздники нужны. Они разрывают пелену обыденности. Недаром евреи делают праздником каждую субботу. Как ни утомительна неделя, но в конце — обязательно праздник. Так легче перешагивать через трудности и через скуку.

Валентина получала праздник через двенадцать недель. Помимо пиршеств, Валентин покупал билеты на лучшие спектакли, выставки, концерты.

Культурная жизнь в России не затихала. Все время что-то происходило на культурном фронте. На то и Россия. Валентина сделала вывод: жить удобнее в Америке, но зарабатывать можно только в России. И общаться — в России. Больше нигде во всем мире нет такого общения.

Валентин обожал артистов, режиссеров, эстраду — всех, кто мастерски делал свое дело. Он обожал высоких профессионалов. Не тех, кто в дороге и никому не известен, а тех, кто уже пришел и поднялся. Заявил о себе и подтвердил.

Валентин и сам — не лыком шит, он много умел и многого достиг. Мало кто в его возрасте столько успел и столько получил. Но, несмотря на успехи, в нем, в самой глубине души, сидел тот маленький шибздик, которого любой мог пнуть и задвинуть, как тапку, под диван. Поэтому для Валентина важно было сесть за один стол со знаменитостями. Утвердиться: нет, не шибздик. С шибздиком они бы рядом не сели.

Его дом был широко открыт для новых друзей. И кошелек открыт нараспашку. Среди творческой интеллигенции полно попрошаек. Они ненавязчиво намекают, а иногда открыто клянчат, и Валентин понимает: его щедрость — прямая дорога к их сердцам. Но ведь от него не убудет, а к ним прибавится.

Отпуск Валентин проводил с семьей в разных местах мира: на Гавайях, в Таиланде, на Бали. Но больше десяти дней отдыхать не мог. Валентин — трудоголик и вне работы скучал, перемогался и даже впадал в депрессию. Валентина обижалась, но отпускала его в Москву. Что же делать, если человек не переносит праздность. Это же лучше, чем наоборот. А бывают и такие: не переносят работы.

Валентина решила заняться делом.

Она стала импресарио — устраивала гастроли для русских артистов. Возила их по городам Америки.

В Америке много русских. Это и была основная аудитория.

Валентина решила стать самостоятельной, доказать мужу и себе, что она тоже не пастушка на лугу. Вернее, не корова на лугу, которая только пасется и позвякивает колокольчиком. Но импресарио — люди особого замеса. Если не имеешь нужных качеств, ничего не получится. Просто разоришься, и все.

Публика шла вяло, сборы получались незначительные. Русские гастролеры уставали как собаки. Жаждали денег, за этим и приехали.

Деньги — узкое место. Чтобы пройти это место, приходится обдирать кожу до костей. Все кончилось обоюдным разочарованием.

Валентина быстро закрыла эту лавочку. Решила употребить время на другое.

Она родила девочку. Поправилась на двадцать килограммов. Ходила большая, белая и холеная, как королевская корова. Надо было похудеть, а это — работа. И маленький ребенок — тоже работа. Так что работы — невпроворот.

На похудение ушел год. Этот год Валентина не ездила в Москву. Скрывалась.

Валентин звонил домой каждый день. Разговаривал с женой, а в углу сидела тихо двадцатилетняя давалочка, ждала конца разговора. Да, они стали проникать в дом Валентина, эти маленькие рыбки-пираньи. Он их сам приглашал. Не может же сорокалетний мужик завязывать свое достоинство на бантик, как веревочку. А у Валентина — не веревочка, нет. Он был щедро снаряжен для мужской жизни, как многие мужчины маленького роста. «Маленькое дерево в сук растет». (Народная мудрость.)

Давалочки возникали в доме — то одна, то другая, то черная, то рыжая. Валентин относился к ним как к одноразовой посуде. Поел и выкинул. И что-то подарил.

Девушки вели себя хорошо: ни на чем не настаивали и не прилипали как банный лист.

В тот год зима стояла очень красивая. Зимняя сказка.

Валентин жил в основном на даче. Дачу он купил у губернатора, а губернатор построил себе в другом месте.

Возле дачи Валентина лежало заброшенное колхозное поле, на котором раньше сеяли свеклу, а может, и картошку — не имеет значения, потому что сейчас уже не сеяли ничего.

Валентин хотел купить это поле, присовокупить к своей земле. Но потом подумал: зачем ему столько? Что он будет делать с этими просторами? Не свеклу же сажать... А на снегоходе можно ездить без приватизации. «Все кругом колхозное, все кругом мое».

Валентин купил снегоход и катался на нем по снежному полю. Он «подсел» на скорость.

По утрам перед работой Валентин садился на снегоход, включал мотор — и вперед. Развивал скорость, как самолет на взлете. Преград никаких, только просторы — направо, и налево, и впереди.

Выяснилось, что большая скорость — это особое состояние: летишь, как в трубе, и особый гул в ушах. Летишь, как умираешь, и каждая клеточка твоего тела ликует и страшится одновременно. Никакой наркоты не надо. Большая скорость и есть наркота.

Летишь без руля и без ветрил и ждешь, что сейчас на полном ходу врежешься в слепящий свет, в угодья самого Господа, и закачаешься в невесомости. Никто так не ездил. Люди не знают про такое. Надо будет подарить им это знание. Если захотят, конечно.

По выходным Валентин приглашал гостей на дачу. Скучно без гостей. Приходили разнообразные артисты, веселые, красивые и богатые, между прочим. Многие совмещали основную профессию с бизнесом. Да и профессия кормила. Хороший артист стоил дорого.

В программу вечера входило: мясо кабана и прогулка на снегоходе. Валентин очень любил такие сборища. Радость жизни поднималась над столом, как запах жареного мяса.

Валентин находился на пике своего расцвета: бизнес катится, дети растут, особенно его радовала новая дочка. Мужчины вообще сходят с ума именно от дочек. В них сконцентрирована вся красота, нежность и беззащитность. И святость. На них хочется молиться и их защищать. Любоваться и надеяться. Мальчиков он тоже любил, но они все-таки сделаны из другого материала.

Вокруг друзья, и кто-то обязательно найдется с гитарой. Батарея бутылок и мясо дикого кабана, не считая закусок. Надо возблагодарить Бога и выпить.

Валентин выпил раз, еще раз и еще много-много раз.

Приехали цыгане — молодая пара, воспитанные, образованные люди. Никогда не скажешь, что цыгане, пока не запоют. А когда запоют, тогда и видно, что особые люди, заточенные на музыку. Другие национальности так не поют.

К концу вечера появилось звездное семейство Егоровых: папа, мама и дочь. Дочери — пятнадцать, школьница. Маме тридцать пять, выглядит на двадцать пять. А папа — седой и матерый, народный и заслуженный, засмотренный в телевизоре и суперзнаменитый.

— А снегоход? — спросила школьница.
— Для снегохода поздно, — ответил Валентин. — Темно. Надо было раньше приезжать.
— Хочу снегоход... — заканючила девочка.
— Как папа скажет, — перевела стрелку мама.
— Ну ладно, — разрешил отец. — Только недолго.

Отец не в состоянии был отказать дочери. Не мог перед ней устоять.

Валентин поднялся. Решил сделать один круг. Вечернее поле под луной — тоже красиво. Небо как поле. И поле — пустынное, как небо. И светящийся объемный круг луны.

Цыгане спросили: есть ли лыжи? Лыжи, конечно, нашлись.

Все гости вывалились из дома на свежий воздух, выкатились этаким шумным шаром. Ни одного проходного лица. Каждый — многокаратный, как бриллиант. Валентин приглашал гостей — необязательно публичных. Мог затесаться и учитель, и врач, и массажист. Но это был первоклассный учитель и супермассажист. Валентин любил высоких профессионалов. Он находил смысл жизни в том, чтобы хорошо делать свое дело. Дойти до самой верхней планки. А иначе — бессмысленно.

Валентин вывел снегоход на лыжню. Сел за руль. Девочка в середину, мама — третья.

Девочку и маму звали одинаково: Ольга. Видимо, муж любил жену и хотел почаще слышать ее имя.

Валентин включил мотор, и заснеженная земля ринулась под колеса.

— Потише, — попросила Ольга-старшая, но Валентин не подчинился. Ему захотелось скорости — той самой, запредельной. Где они еще получат такой адреналин, эти нежные, избалованные, парниковые...

Луна стояла полным кругом. Снег светился — то ли от луны, то ли от собственной белизны.

Валентин выжал педаль до конца. Снегоход устремился, как самолет на взлетной полосе, набирая ярость и отчаяние внутри себя. Сейчас взлетит, и — к луне.

Да, да, вот она — труба, серо-дымчатая, округлая. Вот оно — дребезжание, похожее на духовой оркестр, даже просачивается мелодия: марш «Прощание славянки». Сквозь дребезжание далекий крик: «Не на-а-адо, Валик, не на-а-а...»

Еще секунда — и экипаж врежется в слепящий свет и закачается в невесомости... И действительно: невесомость. Под животом снегохода — пустота, несколько тошнотворных секунд — и выключили свет. Черно и тихо. А потом не стало ничего — ни темноты, ни тишины. Вытащили вилку из розетки.

Пара цыган, Алексей и Маша, бежали на лыжах по проторенной лыжне. Снегоход оставил удобный след, не надо прокладывать новый.

След довёл до обрыва и пропал. А где же снегоход? Ничего не понятно.

Они подошли к самому краю. Заглянули.

На уровне глаза, в отдалении, — верхушка мощной сосны. В её ветках застрял снегоход. А три неподвижных тела раскиданы на дне обрыва, под сосной.

Снегоход покачивался в ветках, было страшно, что упадёт. Тела лежали неподвижно, без всяких признаков жизни.

— Караул, — тихо произнёс Алексей.

— Надо в «скорую» звонить, — приказала Маша.

— А как мы объясним адрес?

Маша огляделась по сторонам. Действительно: поле, середина страны, и как сюда проедет «скорая»? Машина застрянет в высоких снегах.

Для начала надо вытащить несчастных из оврага. Другого выхода нет. Иначе надо вызывать МЧС.

Алексей и Маша освободились от лыж и стали спускаться на дно оврага. Они были ребята молодые, спортивные и сильные.

Маша и Алексей сняли с себя шарфы, связали их наподобие верёвок. Осторожно вытащили каждого наверх.

Через два часа все трое были доставлены на дачу. И уже с дачи позвонили в «скорую помощь» и продиктовали адрес.

«Скорая» приехала довольно быстро из подмосковного города Дмитров. Врачи установили: женщина мертва — травмы, несовместимые с жизнью.

Девочка — переломы ребер и правого колена. Мужчина (Валентин) — разрыв селезенки и черепно-мозговая травма. Валентин ударился головой о сосну. Девочка ударилась о Валентина — это смягчило удар. Что произошло с женщиной — уже не имело значения. Голова и лицо были смяты.

Седой Егоров ничего не мог понять. Только что его девочки вышли из дома — здоровые и веселые, и вот вернулись — одна мертвая, другая искалеченная. Как это возможно? И почему они?

Егоров немножко сошел с ума. Это выражалось в его полном спокойствии, как будто все случившееся не имело к нему никакого отношения.

Жену Егорова хоронили на третий день по православному обряду. Грим оказался невозможен. Ее голова и лицо были обернуты белым тюлем.

Муж выглядел собранным и адекватным. Распоряжался, как администратор. Никто не знал, что у него внутри.

Егоров постоянно возвращался в ту роковую точку, когда девочка закапризничала: хочу снегоход…

Надо было ответить: в другой раз. Надо было сказать: нет. Запрещаю. И все были бы целы и здоровы. Судьба-катастрофа прошла бы стороной, ушла, не собрав своего черного урожая, удалилась бы ни с чем, перешла к другим.

Похороны отвлекали, требовали каких-то действий: звонить, заказывать и платить, платить… Деньги текли рекой.

Время от времени Егоров выныривал из суеты на поверхность. Все осознавал. Было бы легче покончить с собой, отрубиться ото всего, но он нужен был дочери. Он не смел оставить ее круглой сиротой.

В углу зала стояла Валентина. Она прилетела из Америки. Решила прийти на похороны Ольги Егоровой.

Это решение далось ей нелегко. С одной стороны, несчастный случай, и никто не виноват. Валентин сам пострадал и сам находится одной ногой в могиле.

С другой стороны, Валентин был за рулем, не справился с управлением. Это называется — убийство по неосторожности. Уголовное дело.

Так или иначе, кто-то должен отвечать. Ольга Егорова села на снегоход живая и здоровая. А сейчас лежит в гробу.

Пришедшие провожать поглядывали на Валентину. Чего, спрашивается, пришла? Она боялась, что кто-нибудь подойдет и плюнет ей в лицо. Или прямо скажет: «А ты зачем пришла?»

Она не знала, как ответить на этот вопрос. Может быть, подставить плечо под тяжелый гроб. Не буквально. Там было кому выносить. Может быть, не хотела прятаться. А скорее всего, была представителем Валентина. Он не может быть по уважительным причинам. Он умирает. Значит, Валентина — вместо мужа как ближайшее доверенное лицо.

Валентин лежал в Центральной клинической больнице. Ему удалили селезенку. Он находился в сумеречном сознании, практически умирал. Время от времени его тело сотрясала крупная дрожь. Лейкоциты в крови превышали норму в сто раз.

Валентина решила, пока не поздно, вывезти мужа к западным врачам. Жена заказчика дала координаты лучшей клиники в Германии. Противная, а помогла в критический момент.

Германия ближе. До Америки Валентин мог не долететь.

Жена заказчика организовала специальный санитарный самолет. У нее было все схвачено на крайний случай. И вот он настал, этот крайний случай.

Самолет был оборудован, как палата интенсивной терапии: капельница, приборы, все светится, тикает.

Валентина сидела у изголовья мужа, вжавшись в стену. Самолетик — маленький, почти игрушечный. За бортом — бездна вселенной. Он летел надо всеми воздушными коридорами, высоко-высоко, вровень со звездами, — такой игрушечный, такой беззащитный. Вот сейчас что-то случится, и погибнут оба сразу — Валентин и Валентина, и кому будут нужны трое детей? Никому. Ни одному человеку. Так думала Валентина и кляла эту дачу со снегоходом, бесконтрольную жизнь, вседозволенность. И она сама хороша. Бросила мужа одного, а он как подросток в переходном возрасте. Все хочется попробовать и успеть. Женился рано, жил под надзором, а тут — как с цепи сорвался. И вот вам результат. Все, что произошло, — их общая вина.

Самолет благополучно долетел до места.

Валентина переложили в вертолет. Вертолет сел на крышу клиники.

Валентина выкатили на носилках, к нему навстречу уже бежала маленькая толпа в белых халатах. Тут же, в первую секунду, проверили кровь. Лейкоциты зашкаливали. Почему? В чем причина? Быстро все проверили и выяснили: в вене стоял грязный катетер. Медсестра Центральной больницы была невнимательна.

Валентина догадалась: большие деньги проплатили главврачу, а медсестре ничего не досталось. Про нее забыли. И она забыла, что катетер не стерилизован. Не нарочно, ни в коем случае. Просто халатность. Больных много, а она одна.

Немцы тут же поменяли катетер. Лейкоциты упали почти до нормы. Можно было готовить больного к операции.

Операция длилась одиннадцать часов. (Черепно-мозговая травма.) Хирург несколько раз выходил к Валентине. Разговаривали через переводчика. Валентина слушала хирурга, глядя прямо в его глаза.

Хирургу нравилась эта русская, похожая на немку. Никаких лишних эмоций, никаких вопросов. Она доверяла хирургу и верила в благоприятный исход. Доверяла и верила. Это давало силы хирургу. Он был огромный, сильный как медведь, и фамилия его была Бернагер, что в переводе на русский — Медведев.

Операция прошла успешно. Кости черепа скрепили титановыми пластинами. Полная голова металла. Даже странно, что после этого живут и работают.

Хирург сказал, что интеллект не поврежден. Все будет как было, кроме одного: больной должен беречь ухо от инфекции. Повреждена какая-то мембрана, которая защищает мозги от воздействия внешней среды.

После больницы Валентину отправили в санаторий на реабилитацию. Валентина поехала вместе с ним.

Силы постепенно возвращались. Единственное — мешал звон в ухе. Там все время что-то ворочалось, как будто залез таракан. И звенело. Иногда звенело, как в телефоне. Кто-то его вызывал. Иногда явственно слышался колокольный звон: бам-бам-бам... Иногда: пэу-пэу-пэу...

Валентина позвонила Бернагеру, тот предположил, что зацепили нерв. Поправить можно, если провести повторную операцию, что нежелательно.

— А что же делать? — спросила Валентина.
— Пусть привыкает... — порекомендовал хирург.
— Привыкай, — передала Валентина.
— Но я не могу привыкнуть. Я с ума сойду. Все время звон — днем и ночью.

Валентина не знала, что сказать. Жить со звоном в ушах все-таки лучше, чем не жить вообще. А вопрос стоял именно так.

Валентин злился на жену, как будто она была виновата в этих пэу-пэу... Валентина ходила подавленная, помалкивала, и его это тоже раздражало. Лучше бы огрызалась, ссорилась. Все-таки обмен энергиями. А так — мяч его раздражения летит в одну сторону, нет обратной подачи.

Валентина всюду ходила за мужем следом, как конвой. На прогулку — следом, в столовую — под конвоем. Как заключенный. А он уже привык к свободе и холостой жизни. И ему стало казаться, что звон в ушах и Валентина — это одно.

Валентина не обращала внимания на настроение мужа. Главное — ей вернули любимого человека — живого и дееспособного. Операция стоила — пять нулей. В американской валюте, но кто считает... Теперь ее задача — вырвать мужа из Москвы, из России, из вседозволенности. Пора о Боге подумать и о семье.

— Мы должны жить вместе: ты, я и дети, — объявила Валентина.

— Ты переедешь в Москву? — уточнил Валентин.

— Нет. Ты переедешь в Америку.

— А кто будет зарабатывать?

— Ты уже заработал, хватит до конца дней.

— Много денег не бывает, — сказал Валентин. — И пока я могу, я буду работать. И дело не в деньгах, а в деятельности. Человек должен взбивать коктейль из своих знаний и устремлений. А не пастись, как корова на лугу.

— Ты уже взбил коктейль, — заметила Валентина.

— Что ты имеешь в виду? — насторожился Валентин.

— Ничего. Так, вообще...

О том, что погибла жена Егорова, Валентина скрывала. Решила отложить на потом, когда Валентин поправится и окрепнет.

Валентин вернулся на работу. Его ждали новости и сюрпризы.

Сюрприз номер один: его партнер Денис Тарасов прикарманил все деньги фирмы, перевел их на свой счет.

Валентин ничего не понял. Он и Денис — не только партнеры. Они друзья. Произошла какая-то ошибка.

Валентин вызвал Дениса и задал ему простой вопрос:

— Почему ты забрал мою долю?
— А я думал, что ты умрешь, — так же просто ответил Денис.
— Но ведь это мои деньги. У меня есть наследники. При чем тут ты?
— Спорный вопрос. Я все время вкалываю, а ты все время дружишь с творческой элитой.
— Мог бы подождать, когда я вернусь.
— Я думал, что ты умрешь. Или сядешь.
— За что я сяду?
— За непредумышленное убийство.
— Какое убийство?
— Жена Егорова. Ты что, не знаешь?

Валентин почувствовал, как в его ухе загудел колокол, набирая силу. «По ком звонит колокол? Он звонит по тебе».

Валентина нервничала.

Причинение смерти по неосторожности. Это статья. Срок. Валик, конечно, не сядет. Откупится. Но цена вопроса... Сколько захочет Егоров?

Однажды в ее американском доме сосед сломал ногу. Оступился на лестнице. Сам оступился, сам грохнулся, но Валентину затаскали, замучили. Промеряли ступеньки лестницы, пытались найти любую зацепку, чтобы привлечь к ответственности.

Перелом оказался трещиной, так что вред здоровью не был признан тяжким. Отделалась штрафом. А здесь — целая молодая жизнь. Валик за рулем — пьяный и безбашенный. Наличие алкоголя усугубляет вину.

Валентина решила не ждать, переговорить с Егоровым. Хотела понять, на каком она свете? К чему готовиться? Какая сумма будет озвучена? Но как начать разговор? Может быть, послать к Егорову адвоката? Но зачем сразу начинать с адвоката? Надо послать общего знакомого.

Общий знакомый нашелся. Певец Большого театра. Певец хороший, но дурак. Когда он брал высокие ноты, рот разверзался, как ворота в ад. Туда можно было засунуть антоновское яблоко.

Такое серьезное дело нельзя поручать дураку. И умному тоже нельзя. Валентина решила сама позвонить Егорову, пригласить в дорогой ресторан и за обедом в ненавязчивой беседе задать все вопросы и поставить все точки.

Валентина набрала телефон Егорова. Он отозвался глубоким баритоном. Спросил:
— Кто это?
— Валентина Сотникова, — представилась Валентина.

В ответ — тишина. Тишина была не простой. Ей показалось, что Егоров выставил вперед две руки, не подпуская близко, держа Валентину на расстоянии.

— Я хочу пригласить вас на обед, — проговорила Валентина.

В ответ тишина. Потом Егоров четко произнес:

— В суд я подавать не буду. И обедать с вами не пойду. Я не доверяю ресторанной кухне. До свидания!

В трубке затикали короткие гудки. Отбой.

У Валентины было чувство, будто ей плюнули в лицо. Она привыкла к тому, что деньги размягчают даже самые жесткие души. Но Егоров не хотел ТАКИХ денег. Не хотел продавать жизнь своей жены и память о ней. Суда Егоров тоже не хотел. Суд не вернет ему Ольгу, просто накажет Валентина Сотникова. Но он и так наказан. Получил сосной по голове. Говорят, он перенес операцию. И хватит с него. Главное — держаться подальше, не видеть, не приближаться, забыть о его существовании. Пусть живет свою жизнь, как умеет.

Елейный голос Валентины показался Егорову отвратительным. Зачем она звонила? Сунула в душу раскаленный палец. Надо было сказать, чтобы не звонила больше. Не сказал. А звонить специально он не мог. Мог только заплакать.

Егоров стоял возле телефона и плакал. Его плач был похож на собачий лай.

Валентина положила трубку. Оделась. И отправилась к Валику на работу. Она была полна решимости вырвать мужа из Москвы, из России, из всех его попоек и оргий, от давалок и акул, от купеческих замашек с цыганами и раскидыванием денег.

Валентина ехала на машине и продумывала план разговора.

Первое: бросить работу. Не просто бросить, продать свою долю Денису. Денис давно об этом мечтает. Он был сильно разочарован тем, что Валик выжил. Пришлось вернуть украденные деньги. Зачем Валентину такой фальшивый партнер? Разве не лучше воссоединение семьи: муж, жена и трое детей... Подрастающие мальчики, им нужен отец, мужское влияние. Девочка, златокудрый ангел, вообще видит папашу раз в год, во время отпуска. И Валентине нужен муж — не виртуальный, а реальный: с руками, с ногами и со всем остальным, что полагается мужчине и женщине в расцвете сил, в период гормональной бури.

Валентина хочет иметь семью — обыкновенную, патриархальную, как у людей. Вместе собираться за столом, ходить в гости, ложиться спать. Не нужны ей его высокая статусная должность и сундук с деньгами в виде золотой банковской карты. Ей хочется ходить в американские гости вместе с мужем, а не одной. Ходить одной неприлично, и не очень-то пускают, особенно в американские дома. Одинокая женщина — угроза хозяйке дома, соблазн для гостей. Приходится оправдываться: муж в правительстве, муж занят. Но всем ясно: муж тебя не хочет, ты никому ни на фиг не нужна. Когда мужчина хочет женщину, он ее не держит на другом конце света, на расстоянии двенадцати часов полета...

Спрашивается, зачем ей нужны все его завоевания, если она лишена элементарного...

Валентина подъехала к офису. Шофер остался ждать.

Охрана пропустила, отдала под козырек. Они знали жену шефа.

Валентина прошла сквозь приемную, мимо секретарши Веры, сквозь толпу страждущих чиновников, ожидающих своей очереди.

Валентин сидел в своем кабинете, как президент, читал какой-то документ. Над ним навис пузатый парень.

— Мы уезжаем! — объявила Валентина.

Валик поднял голову, смотрел невидящими глазами. Он был там, в бумагах.

— Что? — переспросил Валентин.

Валентина поняла: ее предложение все свернуть и уехать равносильно тому, как если бы вызвать космонавта из взлетающей ракеты. Он расплющен перегрузками, он преодолевает земное притяжение, он устремлен в полет, а ему говорят: кончай взлет и выходи. Это физически невозможно. Да и не хочется. Полет есть полет.

— Ничего, — сказала Валентина. — Я завтра улетаю.

— А зачем ты приехала? Дома не могла сказать?

Валика удивило нетипичное поведение жены. Обычно Валентина не допускала ошибок.

Валентина улетела в свою Америку.

Там стоял ее дом, который она успела полюбить. Дом на земле. Лужайка с деревом. Собака Вита. Не говоря о детях и маме.

На этой обетованной лужайке был покой, стабильность, разумная жизнь без праздников и без трагедий.

Валентин остался в Москве со звоном в ушах и с депрессией, в которую он глубоко погрузился. Причина депрессии — непредумышленное убийство. Оно, конечно, непредумышленное, но ведь — убийство. Был человек, и нет человека. Звон в ушах — это вечное напоминание. По ком звонит колокол? По Ольге или по нему, Валику. А может быть, и ему пора собираться...

Депрессия не проходила. Наоборот, усугублялась. Он почти не спал, забывал есть.

Единственное желание: лечь лицом к стене и никого не видеть.

Близкий приятель Дима Козлов, известный телеведущий, решил вмешаться в состояние Валика. Но как? Либо врачами и таблетками, либо яркими впечатлениями. Он пригласил Валентина на модный спектакль, который шёл в модном театре.

Несмотря на смену эпох, театр стоял, и действовал, и преуспевал, как в прошлом веке. Человека тянет к культуре, несмотря на превратности судьбы. Культура помогает преодолеть эти превратности.

Валик идти в театр не хотел, но Дима настоял. Заехал за другом, привез в театр и посадил рядом с собой в шестом ряду. Лучший ряд, лучшее место, в середине.

Валик приготовился скучать, вернее, отсутствовать, но вдруг увлекся. Главную роль играла дебютантка Лиза Проскурина, выпускница театрального училища. Она была совсем молодая, почти девочка с очень высокой шеей и маленькой головой. Журавлик. Волосы были зачесаны за уши. Уши — хрупкие и маленькие, как раковинки. Глаза — граненые, как у стрекозы, — легко наполнялись слезами. Играла точно, была естественная, как зверек.

Валентин удобно развалился в кресле и тихо мечтал: ему хотелось положить свою ладонь на ее длинную шею, под затылком, и осторожно целовать это личико, покрывать поцелуями — не страстными, а осторожными, нежными, едва прикасаясь к уголкам бровей, уголкам рта.

Когда спектакль окончился, он попросил Диму:

— Познакомь меня с Лизой.

— Пошли, — согласился Дима.

Они устремились за кулисы. Вокруг Лизы стояла маленькая толпа. Это был успех.

Дима протырился к Лизе, представил Валика.

— Познакомься, — предложил он. — Это Валентин Сотников.

Лиза посмотрела сквозь Валика. Его имя ни о чем ей не говорило, внешность — тем более. Она его просто не увидела.

Валик понял: ей не до него. Знакомиться надо в другом месте и в другое время.

Валентин нашел время и место. Это случилось через неделю. Всю неделю Лиза не шла у него из головы. Она выбелила черные мысли. Мысли стали посветлее, не такими сплошными и мрачными. Мрак пробивали всполохи света — Лиза.

Валентин позвонил Диме и пригласил в ресторан «Пушкин». С Лизой.

Дима пришел один.

— А где Лиза? — не понял Валик.

— Она опоздает. Сказала, что находится у черта на рогах, но приедет обязательно.

Валентин и Дима приступили к трапезе. Хозяин заведения подбегал несколько раз, задавал вопросы, улыбался любезно. Подчеркивал важность высокого гостя.

Подали суп из раковых хвостов, фирменные пирожки с капустой, холодец из бычьих хвостов, пельмени.

Все было невероятно вкусно, а может, просто Валик хотел есть. Депрессия пятилась и отступала, первым прорвался аппетит. Он ел и оборачивался на дверь, ждал Лизу. Нервничал: а вдруг не придет...

Но она пришла. Оживленная, без косметики. Села за стол и тут же начала есть. Официант заторопился, поднося новые блюда.

Лиза ела жадно и весело, открыто наслаждаясь едой, и даже стонала от удовольствия. При этом пыталась объяснить, почему она опоздала. Жевала, говорила, таращила от напряжения свои граненые глаза. Молодые зубы перетирали еду, по горлу прокатывался кадык. Она была молодая, азартная, легкая, счастливая, в самом начале жизни, в начале своего разбега перед взлетом, без жизненного опыта, который не что иное, как накипь на сердце и на сосудах. Накипь от обид и от предательств.

Валентину нравилось, как она ест. Никаких диет, никаких ограничений. Жена Валентина вернулась к прежнему весу, но какой ценой. Буквально — пытка голодом. Ела дробно, порция — с наперсток, в глазах голодный блеск и общая недокормленность. А тут — стихия, как горная река, — прозрачная, чистая, холодная, целебная и опасная.

Лиза обращала свое женское кокетство на Диму. Валентина почти не замечала. Но он знал: через неделю она будет у него в кармане.

Так и случилось.

Лиза вдохнула запах богатства, но еще глубже вдохнула очарование личности Валентина. И сама не заметила, как оказалась у него в кармане. Но это не все. И он тоже оказался в ее кармане, в ее детском кулачке. Лиза вертела им как хотела, и ему это нравилось.

Жена Валентина подчинялась ему, как солдат генералу. Не могла противостоять. А Лиза Проскурина общалась на равных и даже с превышением. Строила — как сейчас говорят. И Валика восхищала эта энергетическая упругость. Он перестал думать о смерти. Он думал только о жизни. В ушах перестало звенеть. Действительно перестало: то ли сосуды расширились, то ли нерв приспособился. И стало казаться: никакого снегохода не было в жизни Валика. Ни снегохода, ни Ольги, ни операции, ни депрессии. Все началось с того момента, как поднялся занавес и он увидел молодого журавлика Лизу с волосами, заправленными за ушки.

Жена Валентина звонила каждый вечер.

Валику казалось, что это звонки из прежней жизни. Была жизнь. Она окончилась. Он родился заново. Он — другой. И вдруг звонки с того света.

— Здравствуй, ну как ты? — кричала Валентина.

Хотелось сказать: «Да это не я. Это другой человек».

Но Валик ничего такого не говорил. Вежливо отвечал на вопросы. Задавал свои, интересовался детьми.

Лиза начала свою жизнь с начала. А он, Валик — не с начала. У него было трое детей. И есть. И он их любит. И он за них отвечает. Поэтому должен сохраниться статус-кво.

Жена — не стена. Можно и подвинуть.

Лиза именно так и считала, тем более что жена — на другом континенте, существует только в паспорте — де-юре. А жена де-факто — она, Лиза. Валентин купил ей новую квартиру в новом доме. Лиза обставила ее по своему усмотрению. Самая большая и самая светлая комната — спальня. Кровать — четыре квадратных метра. Можно спать вдоль и поперек.

Следующая по величине — кухня. Именно в кухне и в спальне проходит вся человеческая жизнь. Но главное — не квартира, а карьера. Лиза называла режиссеров, а Валентин их покупал. Он вкладывался в фильм как спонсор, и это обеспечивало Лизе роль. Иногда Лиза не совпадала с замыслом режиссера, тогда приходилось увеличивать сумму. Режиссер слегка менял замысел, и в результате все были довольны. Какая разница, в конце концов? Можно так, а можно так. Это же не «Броненосец "Потемкин"». Современное кино.

Валентина предпочитала русское телевидение, включала только русские каналы. Смотрела «Новости», «Вести» — была в курсе всех политических событий. Американские новости и вести ее мало интересовали. Какая Валентине разница, кого они выберут в президенты. Это их страна и их дела. Валентина жила в Америке, но не оторвалась от России душой. Она была русская до корней волос, и в отдалении от родины эта русскость не только не стерлась, а, наоборот, проявилась.

В Америке жить удобней — это правда. Но общаться интересно только в России. Русский дух — не пустые слова. Душевность... Такого слова у американцев вообще не существует. Они другие. Конкретные. Только со своими русскими подружками Валентина могла все вытряхнуть из души, как из карманов. А потом все протереть, просмотреть, продумать, проговорить и сложить обратно. Почистить душу.

В Америке у нее таких подружек не было, только мама. Но ведь маме не все расскажешь.

Валентина любила воскресную передачу «Пока все дома». Ей была интересна частная жизнь звезд. Какие они, звезды? Из чего сделаны?

Показывали уходящих звезд, и вновь нарождающихся, и звезд второй величины, поскольку первых не так много.

Валентина опоздала к началу передачи. Героиня уже сидела за столом и уже рассказывала про свое детство, про папу, маму и брата.

Папа, мама и брат сидели рядом с ней и скромно улыбались. Папа был славный, похож на Валика, такой же лысоватый, щуплый и умный. Ум заметен даже тогда, когда человек молчит.

Героиня передачи — молодая актриса Лиза Проскурина — рассказывала про свои завоевания: где она снялась, где снимается в настоящее время и какие роли играет в театре. Ее руки ни секунды не оставались на месте. Она жестикулировала, захлебывалась словами, была увлечена собой и своими планами. Планы — обширны и разнообразны. Весь мир крутится вокруг ее пипочки. Волосы свисали вдоль щек, как дождик. «Бедная Лиза», — подумала Валентина, имея в виду Карамзина.

Валентина отметила, что мама Лизы — довольно молодая, и папа приятно смотрится, и братец — вполне ничего.

Ведущий задал очередной вопрос, и камера наехала на папу.

— Это Валя, мой друг, — представила Лиза. — Валентин Сотников.

Что?? У Валентины глаза вылезли из орбит. Действительно Валик. А что он там делает? Ему мало того статуса, который он имеет. Ему захотелось публичности. Вылез на телевидение. Ну не дурак?

Валентине захотелось тут же позвонить. И вылить на мужа ведро презрения, но она решила подождать до вечера. Пусть все чувства осядут и отстоятся.

Передача окончилась. Папа оказался не папа, а Валик. Брат оказался не брат, а муж мамы, отчим. Так что все при мужиках.

А вдруг Валик — любовник? Валентину опалило с ног до головы.

«Нет, — сказала она себе. — Валик не идиот». Он не будет прилюдно обижать жену. Он — муж и отец. Он — добытчик и защитник. Он никогда их не сдаст.

Валентина успокаивала себя, однако кошки скребли на сердце. Отвратительное чувство, вернее, предчувствие.

Вечером Валентина позвонила мужу. Решила обойтись без выяснений. Просто спросила:

— Ты будешь праздновать свой день рождения?

— Естественно, — ответил Валик.

День рождения намечался через три недели, в конце месяца.

— Мне приехать? — спросила Валентина.

— Естественно, — ответил Валик.

Значит, ничего не меняется. Все как всегда.

Валентина положила трубку, выдохнула с облегчением. Все как всегда. Она приедет с детьми, для закрепления позиций. Весь следующий день уйдет на подготовку. А вечером — банкет, гости — званые и избранные, концерт с участием звезд, дорогущие гонорары. И в центре всего — Валентин и Валентина. На ней будет платье на лямочках, голые руки и плечи, каблук, распущенные волосы, наивная улыбка, слегка поблескивающий тон на лице. Макияж почти незаметен, максимум естественности, как будто утром встала после сна — юная, свежая, желанная. Вот она я!

Все было как всегда, но ресторан другой. Огромный, как Курский вокзал. И гостей человек четыреста. Зачем столько?

Приехали из Одессы родители Валика.

В центре напротив сцены стоял семейный круглый стол. Вся семья располагалась за этим столом, но Валик никак не мог сесть на свое место. Его облепили мужики — целая толпа. Каждый совал в нос документ на подпись.

Валентин — большое начальство, к нему невозможно пробиться, а здесь, на празднике, есть такая возможность.

Праздник вел Дима Козлов. Он стал призывать гостей к порядку, чтобы не лезли со своими делами. Это невежливо, невоспитанно и даже нахально.

Валентина решила зайти в туалет, чтобы ничего не отвлекало в дальнейшем, а заодно посмотреть на себя во весь рост.

Она пошла через зал мимо столиков, накрытых холодными закусками. Среди закусок — черная икра.

«Зачем?» — подумала Валентина. Захотел блеснуть ржавым боком. Это какие же деньги? Лучше бы отдал в детский дом...

Показались знакомые лица: давно знакомые, новые знакомые и совсем старые, с университетских времен. Никого не забыл. Валик умеет дружить. И вдруг, в самом уголочке, — бедная Лиза. Сидит, как сирота. Свесила волосы вдоль щек. Лицо растерянное.

Встретились глазами. Валентина вежливо кивнула. Лиза не ответила.

Валентина прошла в туалет. Он оказался большой и холодный. Дуло, как на улице. Валентина посмотрела на себя в зеркало. Никаких замечаний. Но почему-то стало пусто и муторно. Кому нужна эта потемкинская деревня с любовницей на задворках... Сейчас они с Валиком выйдут в центр зала, он начнет публично объясняться ей в любви, говорить, что Валентина — лучшая, самая верная и красивая. А она — смущенно улыбаться, подтверждая сказанное. А гости примут к сведению, но по большому счету им все равно: кто жена, кто любовница. Сожрут черную икру, выпьют коньяк «Хеннесси» — и по домам, спать без задних ног, переваривая ценный продукт. А утром посетят туалет, и никаких следов не останется от банкета.

Валентина вернулась в зал.

Ведущий открыл праздничный вечер. Началось кино из жизни Валика. Специально нанятый оператор подготовил ролик.

На экране молодые родители, маленький Валик. Потом молодая Валентина двадцатилетней давности.

— Основная жена! — крикнул папаша Валика.

Валентину передернуло. Что значит «основная»? А что, есть еще побочная?

Дальше на экране показали маленьких сыновей. Шел сопроводительный текст с объяснениями.

Дочка Валентины Ниночка устала сидеть на месте. В зале было еще несколько детей, и они начали гоняться друг за дружкой. Ниночка бегала между столиками, высоко подняв напряженные плечики. Ей было весело.

Кино кончилось. Валентина ждала, что муж выведет ее в центр и начнется привычная «осанна» их браку и ей лично. Но Валентин медлил. Она ждала. Потом поняла, что «осанны» не будет.

— Не тот зал, — сказал Валентин.

— Что значит «не тот зал»? — не поняла Валентина. — Не те зрители? Или слишком большое помещение?

— А ты хочешь? — прямо спросил Валик.

Валентина задумалась: хочет она или нет? В душе по-прежнему стояла пустота. Огонек праздника не зажигался.

— Ну вот видишь, ты сама не хочешь, — заключил Валик.

Бедная Лиза сидела в углу, как раковая клетка. От нее исходила угроза для жизни. Валентина чувствовала ее присутствие и время от времени оборачивалась в ее сторону.

К Лизе подходили общие знакомые. Улыбались. Скалили зубы. Какая им разница, кому улыбаться...

Праздник набирал мощь. Гости торопливо напивались. Слонялись по залу в поисках любви. Известный банкир шел и скользил по женским лицам, как по выставленному товару. Красивые женщины имелись в наличии, но не много. Их много не бывает. И богатые мужчины были в большой концентрации.

Валентина встала и пошла к своему столу. Там сидели ее родственники: двоюродные сестры со своими семьями и университетские подруги. Столы были сдвинуты в один большой стол, человек на тридцать. Компания — не престижная, ни звезд, ни политиков, но им было хорошо друг с другом, — тепло и весело. Они искренне радовались празднику, им всего хватало — и за столом, и вне стола. Зачем иметь больше, чем можешь потратить...

Все шумно обрадовались Валентине, поскольку она зверь из их стаи.

Валентина присела между Миркой и Кларкой — две любимые подруги молодости. Клара — красавица, была два раза замужем, осталась на бобах. Помешала завышенная самооценка.

Мирка — уродец, самое широкое место — талия. Родила сыночка вне брака, тоже вполне уродца, круглый блинок на ножках, по бокам ручки, сверху голова. Но они этого не замечают. Они есть друг у друга и счастливы до основания. И мордочки у них милые, налитые, как яблочки. У толстых есть свои преимущества.

Валентина села возле Клары. Клара вытащила сигареты, но по последним правилам курить в помещении было нельзя, пришлось выйти на лестницу.

Клара закурила. Потом спросила:

— Ты видела «Пока все дома»?

— Видела. А что? — наивно спросила Валентина.

— Ты считаешь: это нормально?

— Что именно?

— Афишировать. При живой жене и взрослых детях.

— Что афишировать?

— Не притворяйся. Все знают, а ты не знаешь.

— Что все знают?

— Роман Проскуриной с твоим мужем.

— Это сплетня, — сказала Валентина. — А передавать сплетни — то же самое, что их распускать.

— Какие сплетни? Они не расстаются. Он даже на день рождения ее приволок. Не мог потерпеть. Все в шоке.

Валентина долго молчала. Потом сказала:

— Но если я его не обнимаю, кто-то ведь должен это делать.

— А откуда такая широта? Мало ли кто кого обнимает? Ты думаешь, все мужья трахают своих жен после двадцати лет совместной жизни? Да ни один. Но ведь никто не появляется с любовницей при жене. Существуют правила приличия. Я бы на твоем месте его кастрировала.

— Хорошо, — согласилась Валентина. — Здесь дует...

Она вошла в зал. Ей показалось, что все смотрят на нее и шушукаются. Однажды, в детстве, она торопилась в школу и надела передник без формы. Впереди передник, а сзади рейтузы. Без платья. И так явилась в школу. Какой же был хохот. Какой стыд...

Сейчас она шла по залу в лучшем из лучших платьев от Армани, а ей казалось — голая. И все рассматривают ее и обсуждают увиденное. И Лиза Проскурина из своего угла тоже рассматривает и презрительно ухмыляется.

Валентина подошла и села к своему столу в центре зала. Родителей Валика не было. Куда-то отошли. И вдруг увидела — куда они отошли. К столику Лизы. Папаша припал к ручке, мамаша угодливо скалилась. Выразили свое уважение. Любовнице. Значит, дело зашло далеко. Родители могли проигнорировать ее присутствие. Но нет. Установили дипломатические отношения. Признали государство.

Музыканты заиграли пронзительное танго.

Валик пригласил Лизу на танец. И по тому, как он держал руку на ее спине, как смотрел ей прямо в глаза, Валентина поняла, что между ними ВСЕ. Клара могла ничего не говорить. Все было ясно как день. Они вышагивали в облаке нежности и страсти, и Валик был красив в этот момент. Более того, он был прекрасен. Любовь преображала его до неузнаваемости. Зрелая, осознанная любовь...

Что оставалось Валентине? Встать и уйти с этого праздника жизни. Она поднялась, нашла дочку, сказала:

— Тебя привезет папа.
— А ты? — спросила Ниночка.
— Я пойду домой. У меня заболела голова.
— Ладно, — легко согласилась Ниночка. Ей было хорошо.

Валентина вышла на лестницу, стала спускаться вниз. Каблуки высокие, ступеньки мраморные, по плечам дует. Как холодно, как неустойчиво и как страшно. Казалось, что сейчас грохнется на скользком мраморе и переломает все кости.

Валентина медленно спускалась, вцепившись в перила, — одинокая, незащищенная, шла в неизвестность, как в свою смерть.

Из зала выкатилась толпа курящих. Они стояли наверху и смотрели ей в спину — спокойно и равнодушно. Вот еще один гость уходит с праздника. На человека меньше. Было четыреста, осталось триста девяносто девять.

На другой день Валентина улетала в Америку. Ей было невыносимо оставаться с мужем под одной крышей. Она не хотела выяснять отношения, вернее — боялась. Боялась услышать правду. Неизвестность лучше. В неизвестности есть надежда. А делать вид, что ничего не случилось, значит — врать. Врать она не привыкла, поэтому решила унести ноги. Ниночка оставалась еще на неделю. Так договорились.

В аэропорт повез Валентин. Решил проводить сам, без шофера. Оказал внимание. Видимо, чувствовал себя виноватым.

Всю дорогу он молчал и был грустный. Валентине даже стало его немножко жалко. Хороший человек, Валик, хоть и сукин сын.

— Учти, развод я тебе не дам, — честно проговорила Валентина.

— А я и не прошу, — ответил Валик.

— Детям нужен отец, а мне нужен муж. Я не хочу остаться брошенкой на старости лет.

— Ты прекрасно выглядишь, — заметил Валик.

— До поры до времени.

— Так мы все до поры до времени...

— Ладно, — перебила Валентина. — Сделаешь квартиру моей сестре. Людке. В новом доме, в зеленом районе.

— Хорошо, — легко согласился Валик.

Квартиру Людке — компенсация за моральный ущерб. Значит, Валик чувствовал себя виноватым и готов платить. Валентина подумала: все-таки он хоть и сукин сын, но не сволочь.

Подъехали к зданию аэропорта.

Валентин достал чемодан, величиной с холодильник. Валентина набрала кучу нарядов на все случаи жизни. Но не понадобилось.

Валик поставил чемодан на ленту. Валентина осталась с легкой дорожной сумкой.

Настала минута прощания. Они стояли друг перед другом и молчали. Валентина не хотела целовать его первая. Поцелуй в данном случае — ложь. А Валик стоял — грустный и даже подавленный. Он тоже не очень-то умел притворяться. Еще недавно самые близкие стояли как чужие.

— Ладно, — сказала Валентина. — Иди.

— Я позвоню, — пообещал Валик.

— Конечно, позвонишь, куда денешься...

Они разошлись в разные стороны. Валентина пошла на паспортный контроль, а Валентин — к выходу.

Он сел в машину. Включил зажигание.

Машина шла по Москве. Движение уравновешивало, можно спокойно подумать. Да. Впереди — старость, она всегда впереди.

А потом дряхлость. А потом — смерть. Надо иметь крепкие тылы. Надо иметь человека, который тебя похоронит и справит поминки. Валентина — такой человек. Подаст стакан воды. Поставит хороший памятник. На Лизу трудно рассчитывать. Но Лиза — это жизнь, ее горячее дыхание, вечная молодость, совместный танец. Она всегда будет моложе его на двадцать лет, и он тоже будет моложе себя на двадцать лет. Солнце будет им светить одинаково.

Вспомнились слова: «Любовь бывает долгою, а жизнь еще длинней». Это правда. Одной любви не хватает на целую жизнь.

Жена — не стена. Можно и подвинуть. Но у Лизы не получалось. Валентин ничего не обещал. Отмалчивался. На прямой вопрос не отвечал, и лицо его в этот момент становилось тупым, как у бизона.

Лизу это бесило. Она привыкла получать все и сразу, а тут — какая-то затыка. Ни вправо, ни влево. А время идет. Они вместе уже три года. Лизе пора рожать, иначе пропустишь время. И вообще, пора определяться. Мамаша пристает с вопросами, подруги тоже смотрят ехидно: когда? А никогда. Лизе и так хорошо. Просто противно. Нечестно. Получается, что он не хочет платить за нее окончательную цену. Не хочет купить, только взять в аренду на время, а потом вернуть обратно.

Можно, конечно, бросить Валика и сосредоточиться на ком-то другом. Вокруг толпы жаждущих, только свистни. Но Валентин — это целое государство со своей культурой, экономикой, политикой. Какое счастье жить в этом государстве, а не быть туристом! Но Валентин мог только продлить визу на временное пребывание. Его жена оказалась не просто стена, а китайская стена на все времена.

Лиза отправилась на очередной кинофестиваль и вернулась оттуда с женихом по имени Савва.

Жених — ровесник, артист, не женат, живет с мамой в двушке в спальном районе, на выезде из Москвы. Он получил на фестивале приз за лучшую мужскую роль. Умел взбегать вверх по дверному проему, как таракан. С ним было очень весело, а главное — определенно: никаких тебе жен с детьми, никаких гремучих прицепов.

— Ты с ним спала? — спросил Валентин.

— Нет. Но буду.

— Где?

— Как где? У себя дома.

У себя дома — это значит в квартире, купленной на его деньги. В его квартире, с его женщиной — и какой-то Савва. Ну нет...

— А как же я? — спросил Валентин.

— Ты будешь мой любовник. У тебя жена и любовница, и у меня муж и любовник. На равных.

— Ты это серьезно? — удивился Валик.
— А почему нет? Почему тебе можно, а мне нельзя?
— Что ты хочешь?
— Ты прекрасно знаешь, ЧТО я хочу.
— Давай не будем торопиться…
— Тебе не надо торопиться, у тебя трое детей. А я не собираюсь рожать в сорок лет. У старых матерей дауны рождаются. Мне это надо?

И в самом деле: он эксплуатирует ее терпение, ее молодость, ее жизнь. Он должен ее отпустить или жениться.

Отпустить и жить в безлюбье, как в холодных сумерках. Никакие деньги не помогут.

Валентина жила в оцепенении. Так сидят люди в самолете, терпящем бедствие. Они парализованы надвинувшимся ужасом, но все же на что-то надеются.

Валентина на что-то надеялась, но внутренний голос подсказывал: все скоро кончится. Валентин позвонит и скажет: «Мне нужен развод». Именно так и произошло.

Валентин позвонил в середине дня и сказал:
— Мне нужен развод.

Валентина догадалась, что утром у него было совещание, иначе он позвонил бы утром.
— Плохая связь, — сказала Валентина, хотя все прекрасно расслышала.
— Мне нужен развод! — прокричал Валентин.

217

— Сорок миллионов, — спокойно сказала Валентина.

Нависла пауза.

— Ты не понял? — проверила Валентина.

— Я понял. Из чего складывается сумма?

— Нас четверо: я и трое детей. По десять миллионов на каждого.

— Но все мои деньги в деле. Я не могу их вытащить.

— Меня это не касается. Доставай где хочешь.

— А почему так много?

— Все имеет свою цену. Предательство стоит дорого.

Валентин молчал.

— Ты думал, я отпущу тебя по-свойски, как Егоров... — добавила Валентина.

Это был удар под дых.

— Раньше ты такой не была, — отозвался Валентин.

— Ты тоже сильно изменился.

Валентина бросила трубку. Самолет грохнулся. Она обгорела, но не умерла. Выжила.

Как ни странно, ей стало легче. Определенность лучше, чем зыбкое болото неизвестности.

Она не будет бороться, не будет устраивать суицида, не станет настраивать детей против отца, как делают глупые бабы. Она поступит как умная: возьмет деньги и отпустит. Ей не нужен человек, которому она неинтересна. Она выселит его из своей жизни. Выбросит из души.

Остановить бизнес Валентин не мог. Оставалось взять деньги в банке под процент. Но процент с такой суммы мог его разорить. Хорошо бы просто одолжить. Но у кого?

Богатый и нежадный — это редкость. Деньги и жадность — близнецы-братья, как Ленин и партия. Этому есть объяснение.

Деньги — это возможности. Можно то, можно это, а можно и то и это. Доступно все: пустыня Гоби, снега Килиманджаро, можно даже в космос слетать за деньги. Правда, говорят, что космических туристов выворачивает наизнанку, но не важно. Зато можно увидеть в окошко иллюминатора голубую планету Земля.

Богатым не хочется терять возможности. Щедрые те, кому нечего терять.

— Попроси у бандитов, — посоветовала Лиза. — Хочешь, я попрошу.

— А ты знаешься с бандитами? — испугался Валик.

— Нет, конечно. Но бандиты обожают артисток. Им будет лестно одолжить артистке. Сочтут за честь.

— Лучше держаться от них подальше, — не согласился Валентин.

Вечером пошли на концерт знаменитого барда. Их места оказались рядом с Хамкой (женой заказчика).

— Твоя дочка? — поинтересовалась Хамка, глядя на Лизу.

— Нет, — грустно ответил Валик. — Моей дочке три года.

— Любовница, — уточнила Лиза.

Лиза хотела смутить жену заказчика, но Хамка тоже любила эпатаж.

— Что-то ты невесел, — заметила Хамка. — Денег не хватает?

— Откуда вы знаете? — удивилась Лиза.

— Причины только две: женщины и деньги. Женщина у тебя есть. Остается — деньги.

— Сорок миллионов, — произнес Валентин.

Хамка подумала и сказала:

— Сынок, я дам тебе эти деньги. Реши свои проблемы.

— А у вас есть? — изумился Валик.

— У меня и больше есть...

Валентин не верил своим ушам. Вот тебе и Хамка... А в трудную минуту лучший друг.

Откуда у нее такие деньги — догадаться нетрудно. Муж переписал на жену большую часть своего состояния, чтобы скрыть и спрятать. Да и сама Хамка была способная бизнесвумен. Она любила ворочать делами и деньгами. Она была хозяйка жизни, хозяйка судеб — и это были ее козыри в колоде жизни. А у Лизы, сидящей рядом, только молодость и красота. Товар скоропортящийся.

Хамка (вообще-то ее звали Лида) пообещала дать деньги в августе. А сейчас был май.

Валентин позвонил жене в Америку и спросил:

— Ты подождешь три месяца?

— Я и год подожду. Но развод после денег. Сначала сумму на счет, потом развод.

Валентин молчал.

— Все? — уточнила Валентина.

— Пойми меня... Я так долго умирал. А сейчас я хочу жить.

— Живи, кто тебе мешает... Но знай: я — твой ангел-хранитель. Ты был под моим крылом. А теперь — ты сам по себе. Живи без меня, как умеешь.

— Ты обиделась... — догадался Валик.

— Да. Я обиделась. Ты ударил меня в сердце и плюнул в наше прошлое.

— Прости...

— Это вряд ли.

Валентина швырнула трубку. Заплакала.

Она по-прежнему была красива, даже лучше, чем в молодости. Раньше она была проще. Она была верна мужу, умела увести себя от соблазнов. Родила красивых и здоровых детей. Была щедра в любви. Что ему не хватало?

Валентина пошла на кухню. Мать лепила пельмени. Дети любили суп с пельменьками.

— Мы разводимся, — сообщила Валентина. Было невыносимо тащить эту тяжесть одной.

— Вы давно разошлись, — спокойно сказала мать. — Одна видимость.

— А что же теперь делать?

— Ничего не делать. Жить.

— Я не могу быть одна.

— Ты не одна. У тебя трое детей.
— А любовь?
— Можно жить и без любви.
— Откуда ты знаешь?
— Знаю. Я ведь не всегда была старая...

Валентина заплакала.

— Лучше бы он умер тогда. Разбился насмерть. Зачем я его спасала? Он выжил и бросил нас.
— Ушел, но не бросил, — поправила мать.
— Лучше бы он умер в Германии. Мне было бы легче. Не так унизительно. Господи, услышь меня...

Валентина подошла к иконе. Темный лик святого утопал в серебряном окладе.

— Отомсти, — попросила Валентина. — Отомсти за меня, за детей, за всех безвинно брошенных...

Смерть не так унизительна, как измена. В смерти есть что-то величественное. А измена — это вытолкнуть на холод и пересуды. Всю неделю Москва будет гудеть, обсасывать и выплевывать. Ругать Валика, сочувствовать Валентине. Но Валентина больше не поедет в Москву. С большими деньгами можно жить где угодно.

«На свете счастья нет, но есть покой и воля», — говорил гений.

Деньги — это как раз покой и воля. И материальная независимость до конца дней.

Валентина стояла перед иконой. В окладе были выдавлены слова: «Мне отмщение, и аз воздам»... Мать сидела на табуретке, чтобы не устала спина.

Странно. Мир рухнул, а все на своих местах. Дети спят. Мать лепит пельмени. Собака во дворе воет красивым голосом, похожим на контральто. То ли воет, то ли поет.

Свадьбу наметили на сентябрь.

В августе Валентин уладил все формальности, а в сентябре — большое шоу — свадьба. На Руси принято справлять свадьбы в первый месяц осени.

После сбора урожая.

Все друзья-мужчины завидовали Валентину Сотникову. Лиза — полудевочка, почти дочь, Лолита, она еще долго-долго будет юной, не надоест еще лет двадцать. А может, и никогда не надоест. Не то что жены-ровесницы. Стареют одновременно с мужьями.

Узнав о предстоящем разводе, Лиза успокоилась. Савва получил отставку. Он пожелал встретиться с Сотниковым. Пришел к нему домой и прямо сказал:

— Вы Лизе не подходите. Вы старый.

Сотников улыбнулся и ответил:

— Пусть Лиза сама выберет.

Лиза выбрала Валентина.

Савва искренне недоумевал: разве не лучше иметь мужа-ровесника? Одно поколение, одни друзья, общий смех, одинаковый обмен веществ. Можно цапаться, потом мириться, сутками заниматься любовью... Строить карьеру, рожать детей, — все вместе.

А что делать с папашкой? Правильное питание, прогулки перед сном, уик-энды на свежем воздухе... Тоска собачья. Глядеть на мятую рожу, на морщины в углах глаз, похожие на хвост голубя...

У папашки деньги. Это большое удобство. Но ведь и у него, у Саввы, впереди большое будущее. Хорошие артисты дорого стоят. Просто деньги придут не сразу, не завтра. Через годы. Но ничего. Бедность тоже должна присутствовать в начале жизни. Сначала бедность, потом достаток. Иначе с чем сравнивать?

Савва плакал, запершись в ванной. Для верности пускал воду, чтобы никто не услышал.

Лиза и Валентин решили съездить в Испанию — отдохнуть и загореть. Подготовиться к лету, не ходить синими, как куриные пупки.

Прилетели в курортный городок, поселились в отеле пять звезд. Отель — двухэтажный, снаружи побеленный известкой, как украинские хаты. Роскошь пряталась под простотой.

Сад вокруг отеля наводил на мысли о рае. Именно так выглядит рай, с такими вот деревьями и цветами.

Все шло замечательно, кроме одного незапланированного штриха: у Валика заболело ухо. Ждали, что пройдет, но не проходило.

Более того, заболела голова, и боль становилась невыносимой. Как будто в мозги влетела шаровая молния и жгла, выжигала. От боли глаза лезли на лоб.

Валик позвонил в Германию своему врачу Бернагеру. Он доверял только ему.

— Приезжайте немедленно, — приказал Бернагер.

Так и сделали. Приехали немедленно.

У Валика оказался менингит. Инфекция проникла в мозг через ухо. Случилось то, чего так боялся Бернагер.

Валентина положили под капельницу со свирепым, новейшим антибиотиком. Но даже антибиотик не справился. Инфекция оказалась сильнее.

Мозг умер.

Сердце Валика билось, но это был уже не Валик. Это было его тело.

Лиза пыталась вспомнить: откуда взялась инфекция?

В первые дни Валик нырял с головой. Может быть, из моря? А может, во время полета. В самолете за их спиной сидел больной мужик и кашлял. А может быть, осложнение после гриппа. Валентин перед отпуском подхватил вирус...

Бернагер распорядился подключить искусственную вентиляцию легких. Попросил Лизу вызвать жену и родителей.

— Я жена, — объяснила Лиза. — Де-факто. Мы поженимся в сентябре.

Бернагер помнил другую жену. Валентину. Ей он больше доверял.

— В этом случае нужна официальная жена. Понадобятся подписи, — объяснил врач. — Это документ. Подсудное дело.

Лиза не верила, что Валик не очнется. Он неплохо выглядел под приборами. Сколько раз она слышала: люди погружались в кому, а потом, пусть даже через год, открывали глаза и всех узнавали. Так будет и с Валиком. Он не бросит ее здесь, в чужой стране. Он воспрянет, и они обнимутся, как прежде, и в обнимку уйдут из этой равнодушной больницы.

Бернагер позвонил Валентине. У него сохранился ее телефон. Валентина приехала и привезла родителей.

Бернагер встретил их и препроводил в палату.

Валентина краем глаза заметила Лизу, в противоположном конце коридора. Бедная Лиза сидела скрючившись, как кошка, с круглой спиной.

Вошли в палату.

Валентин лежал, подключенный к машине, как будто спал. Сквозь легкий загар пробивался румянец. Грудь вздымалась в такт спокойному дыханию. Казалось, сейчас улыбнется во сне.

Растерянные родители стояли и смотрели. Мама мелко дрожала. Валентина боялась, что она упадет и умрет.

Бернагер дал маме таблетку.

Валентина пребывала в ступоре. Не могла совместить одно с другим: спящий молодой Валик с умершими мозгами. Бедная Лиза в конце коридора, Бернагер, как Харон, переправляющий души с одного берега на другой. И она в центре палаты, как в центре событий. Как это могло случиться? Еще месяца не прошло, как она сгорала от обиды и ненависти. И вот все перевернулось, как песочные часы. Время потекло в другую сторону. Неужели ангел-хранитель постарался? Или просто отошел и убрал крыло… Значит, в том, что случилось, есть и ее вина.

Бернагер подошел к Валентине и обнял ее за плечи. Проявил сочувствие. Валентина подалась навстречу душевному теплу, прижалась крепче. Притиснулась. Бернагер был большой, толстый и добрый. От него не хотелось отходить.

Бернагер погладил Валентину по волосам. Он понимал, что ей пришлось пережить: крах семьи, а теперь и смерть мужа. Но дело — есть дело.

Бернагер слегка отстранился от Валентины и спокойно сказал: жена и родители должны сделать выбор. Первый вариант: отключить машину, тогда Валентин умрет и его можно будет похоронить. Второй вариант: машину не отключать, Валик будет как бы жив, но именно «как бы». Мозг его умер. Это уже не человек, а муляж. Будет просто лежать, и все. Каждые сутки жизнеобеспечения стоят немалые деньги.

— А вдруг он придет в себя? — спросила мама.

— К сожалению, это исключено. Все останется без изменения.

— А может, все-таки подождать?

Бернагер молчал.

Валентина вдруг подумала: если Валик придет в себя, он вскочит и побежит к Лизе в конец коридора.

— Отключить, — жестко сказала Валентина.

Мама завыла. Отец плакал.

— Вы можете остаться в палате и присутствовать при его смерти, — сказал Бернагер. — Но я вам советую выйти. Зрелище не из приятных.

Валентина вышла в коридор. Врач помог выйти маме. Папа вышел сам.

Дверь закрылась.

Они стояли и ждали. Время остановилось. Валентине казалось, что ее мозг тоже умер. Неужели этот день когда-нибудь закончится и отлетит в прошлое…

Дверь отворилась. Бернагер сказал:

— Можете войти.

Они вошли — гуськом, один за другим. Горестная человеческая струйка.

Вошли и замерли. Перед ними лежал мертвец. Доска. Мертвее мертвого. Валентина не ожидала, что может быть такая разница. Это был уже не Валик. И никто. Просто останки, которые надо сжечь. Или зарыть на два метра в землю. Ее охватил ужас. Мама Валика грохнулась на пол с глухим звуком, будто с высоты сбросили мешок.

Неожиданно зазвонил мобильный телефон. Валентина прочитала эсэмэску: «Я решу, ЧТО делать с телом».

Эта эсэмэска привела Валентину в чувство. Она вышла в коридор и отбила свою: «Можете не беспокоиться. Вы здесь НИКТО».

Лиза — никто. Валентина — вдова.

По закону все имущество делилось на две равные части. Пятьдесят процентов — Валентине. Вторые пятьдесят процентов распределялись так: Валентина, трое детей и двое родителей. На шесть частей. Одна шестая второй половины тоже принадлежала Валентине. Всего набралось примерно полмиллиарда, в десять раз больше того, на что она рассчитывала. Покой и воля обеспечены до конца дней и на три поколения вперед.

Лизе досталась память о любви и удобная квартира. Тоже немало. Можно было бы позлорадствовать, но Валентина не злорадствовала. Не до того. Как-то все получилось быстро, стремительно и бесчеловечно.

Все прежние страсти осели на дно души. Осталась жалость и досада на судьбу. Мог прожить бы еще столько же и столько успеть и перечувствовать. Бедный, бедный Валик...

Валентин любил шоу.

Валентина решила устроить ему прощальное шоу.

Гроб выставили в центре Москвы, в кинотеатре.

Валентин выглядел хорошо, если можно так сказать. Гримеры постарались. А может быть, его тело привыкло к новым реалиям. Видно, конечно, что не живой, но не доска. Нет. Что-то прежнее проступало в лице.

Народ шел и шел. Многие хотели проститься. Отдать последний долг. Валик не сочинял книг, не писал оперы, не ошеломлял видимыми талантами. Но он многим помогал, и его любили. У него был талант — ЖИТЬ, не считая остальных талантов, связанных с профессией. Возле него всегда было интересно, весело, карнавально, осмысленно. Поэтому к нему тянулись и сейчас идут. Незнакомые люди подходили к Валентине, шептали соболезнования. Казалось бы, формальность, а как питают, как поддерживают одинокую душу.

Валентина увидела Лизу. Она ее не сразу узнала. Лиза как будто наплакала поверх своего лица еще одно лицо. Искренне горевала. Еще бы... С ее крючка сорвалась крупная рыба.

Но скорее всего, все иначе. Лиза понимала, что Валентин личность и все остальные особи мужского пола — жалкая подделка в сравнении с настоящей драгоценностью. Она отравлена этим высоким уровнем и вряд ли сможет полюбить кого-нибудь еще. Всех и всегда будет сравнивать с Валиком. Все и всегда будут проигрывать в этом сравнении.

К Валентине подошел Дима Козлов. Принес соболезнования. Положил цветы — темно-красные, почти черные розы.

— Вы должны дать Лизе немножко денег, — тихо сказал он.

Валентина вопросительно подняла брови.

— Она украшала жизнь Валика последние три года, — объяснил Дима.

— Ему украшала, а мне портила. Вы не считаете?

— Надо дать. Это будет справедливо.

«Вот и дай, — подумала Валентина. — Идиот». А вслух сказала:

— Я подумаю…

Подошла Лида, жена заказчика. Положила белые цветы, калы.

— Я рекомендую вам продать бизнес, — заговорщически произнесла Лида.

— Я посоветуюсь с мальчиками, — ответила Валентина.

— Они неопытные. Все завалят.

Подросшие сыновья стояли у гроба — суровые красавцы. Отец создал бизнес для того, чтобы передать его сыновьям, тем самым развить и умножить. А вовсе не для того, чтобы его продать, а деньги растранжирить.

Большие деньги свалятся на мальчиков и придавят. Они превратятся в лоботрясов и прожигателей жизни. У них должно быть дело. И оно есть. И ждет. Они продолжат дело отца. Валик не зря жил и умер.

— Я подумаю, — сухо ответила Валентина.
— Думайте, думайте. И учтите, это опасно.

«Пугает, — догадалась Валентина. — Наверное, этот бизнес кому-то понадобился. Можно понять. Завидное корыто. Свиней — до горизонта. Наверное, сама и раскатала губу. Обойдешься...»

Валентине стало противно. Неспокойно. Им уже угрожают. Хотят отнять бизнес.

Валентина понимала, что за ее спиной больше нет защиты. Придется самой становиться сильной.

Люди шли и шли. Мелькали университетские подруги. Бывшие соседи.

Лиза вела себя хорошо. Не выла, ничего не демонстрировала, не тянула одеяло на себя. Тихо стояла в уголочке, снимала кулачком слезы со щек. Молодец.

Подошла Клара. Наклонилась к уху. Спросила:

— Скажи честно, ты колдовала?

Валентина вздрогнула, смотрела непонимающе.

— Умер перед самым разводом. Так же не бывает. Здесь не обошлось без колдовства.
— Я не умею колдовать. Ты что?
— Значит, проклинала.
— От этого не умирают.
— Как знать...

Клара недоверчиво покачала головой. Отошла.

Валентина вспомнила икону, желание мести, но вряд ли Бог это услышал и встал на ее сторону. Если бы Господь уничтожил всех неверных мужей, на земле не осталось бы мужчин.

Что же уничтожило Валика? Деньги. Не было бы денег — не купил снегоход. Не собирал бы сходки на даче. Жил бы поаккуратней, помедленней, не со скоростью двести километров в час. Деньги выдавили ее в Америку. Жили бы скромно, Валентина никуда бы не уехала, была рядом. И ангел-хранитель распростер крыла над ними обоими.

Богатство — это тоже испытание. Валентин с ним не справился. И вот теперь лежит...
«А в ресницах спит печаль. Ничего теперь не надо нам, никого теперь не жаль».

Валентина поняла, что не оставит его в России. Она увезет его в Америку, схоронит на местном кладбище, неподалеку от дома. Спрячет ото всех. И его забудут. Скоро. Через месяц. Не таких забывали. Живые думают о живых.

Прошел год.

Валентина взяла бизнес в свои руки. Стала у руля, как капитан «Титаника», до встречи с айсбергом, разумеется.

Сыновья росли и присматривались. Готовились к прыжку.

Валентина окружила себя золотыми мозгами, вгрызлась в тонкости профессии. Она была способная, недаром училась на повышенную стипендию. У нее были природно технические мозги, просто они не понадобились в прежней жизни. Если бы Валик не бросил ее (ушел к Лизе или умер — это одно: бросил) — так бы и моталась между Америкой и Москвой, строила потемкинские деревни, фальшиво улыбалась, боялась остаться брошенкой. А теперь — совсем другая жизнь. Деньги шелестят где-то в отдалении. Главное — не количество денег, а драйв, как возле игорного стола. Колесо крутится, фишка прыгает, все нервы напряжены. Жизнь! Каждый день ставит задачи, иногда кажется — неразрешимые...

Мужички крутились вокруг Валентины, поскольку работа мужская: бизнес.

Считается, что женщины любят богатых мужчин. Но и мужчины тоже любят богатых женщин. Валентина сторонилась молодых и необеспеченных. Она стеснялась платить в ресторане за мужчину. И презирала тех, кто норовил проехаться за ее счет.

Со временем у нее образовался любовник, богатый дагестанец, нефтяник. Он был классный любовник, но у него в ауле — жена с пятью детьми, и помимо жены — двадцатилетняя любовница, которая родила ему дочку. Вот как жил дагестанец, ни в чем себе не отказывал.

Валентина его бросила в надежде найти нового любовника, поскромнее. Но нового не находилось. Даже странно: красивая, умная, богатая, а любви нет. Не положили. Кто-то наверху пожадничал. Видимо, решил: была любовь и хватит с тебя. Обидно, конечно. Но ничего. Можно жить и без любви.

Иногда по ночам ей снился Валик. Смотрел и молчал. Ничего не говорил. Но от него тянуло такой нежностью...

Валентина просыпалась в облаке нежности и ясно чувствовала: он их не бросил. Ушел, но не бросил. Мать была права.

содержание

рассказы

хрустальный башмачок 7

брат и сестра 15

короткие гудки 49

искусственный пруд 76

все или ничего 108

ангел-хранитель
повесть 155

токарева
виктория самойловна
короткие гудки

Редактор Д. Гурьянов
Художественный редактор В. Пожидаев
Корректор Т. Дмитриева
Технический редактор Л. Синицына
Компьютерная верстка Т. Коровенкова

ООО «Издательская Группа «Азбука-Аттикус» —
обладатель товарного знака «АЗБУКА»
119334, Москва, 5-й Донской проезд, д. 15, стр. 4

Филиал ООО «Издательская Группа «Азбука-Аттикус»
в г. Санкт-Петербурге
196105, Санкт-Петербург, ул. Решетникова, д. 15

ЧП «Издательство «Махаон-Украина»
04073, Киев, Московский проспект, д. 6, 2-й этаж

ЧП «Издательство «Махаон»
61070, Харьков, ул. Ак. Проскуры, д. 1

Подписано в печать 06.05.2013
Формат 76 × 100/32. Бумага газетная.
Гарнитура Original Garamond
Печать офсетная. Усл. печ. л. 10,5
Тираж 15 000 экз. F-TNP-13923-01-R. Заказ № 1452/13.

Отпечатано в соответствии с предоставленными материалами
в ООО «ИПК Парето-Принт», г. Тверь, www.pareto-print.ru

ПО ВОПРОСАМ РАСПРОСТРАНЕНИЯ ОБРАЩАЙТЕСЬ:

В Москве:
ООО «Издательская Группа «Азбука-Аттикус»
Тел.: (495) 933-76-00, факс (495) 933-76-19
E-mail: sales@atticus-group.ru; info@azbooka-m.ru

В Санкт-Петербурге:
Филиал ООО «Издательская Группа «Азбука-Аттикус»
в г. Санкт-Петербурге
Тел. (812) 324-61-49, 388-94-38, 327-04-56, 321-66-58,
факс (812) 321-66-60
E-mail: trade@azbooka.spb.ru; atticus@azbooka.spb.ru

В Киеве:
ЧП «Издательство «Махаон-Украина»
Тел./факс (044) 490-99-01
e-mail: sale@machaon.kiev.ua

В Харькове:
ЧП «Издательство «Махаон»
Тел. (057) 315-15-64, 315-25-81
e-mail: machaon@machaon.kharkov.ua

www.azbooka.ru; www.atticus-group.ru